"정말! 루미, 바보, 바보!"
"아웃치, 태도가 반항적이네?
괜찮겠어?
위험 연애 과실 알콩달콩죄로
체포해 버린다?"

"유야 오빠.
저, 신부 같아요?"
아오이가 수줍게 묻는다.

"유야 오빠! 메리 크리스마스예요!"
파팡!
갑자기 폭죽 터지는 소리가 울려 퍼졌다.

피곤에 찌든 회사원인 나, 7년 만에 재회한 여고생과 동거를 시작한다

5

우에무라 나츠키 지음 / Parum 일러스트

S NOVEL

권두 그림 및 본문 삽화 Parum

Contents

Kutabire Salaryman na Ore, 7nenburi ni Saikai shita Bishojo JK to Dosei wo Hajimeru

제1장 꿈에서도 그리던 축제 데이트

여름 방학도 끝나고, 새 학기가 시작된 지 며칠이 지났다.

드디어 본격적으로 수험 시즌 후반전에 돌입한다. 여전히 아오이는 입시 학원에 다니면서 밤늦게까지 공부하는 나날을 보낸다.

그런 와중에도 학교에서는 축제 준비를 했다. 학교 행사와 수험 공부에 쫓기며 요 며칠을 꽤 바쁘게 지내고 있다.

아오이네 반은 코스프레 카페를 한다고 한다.

며칠 전에 야한 의상을 입으면 어쩌냐며 고민했는데……. 솔직한 마음으로, 나 말고 다른 남자가 아오이의 섹시한 모습을 보는 게 싫다. 야한 코스프레는 절대 안 돼! 그런 건 집에서만 입어야 해! 나만 봐야 한다고!

……이건 이거대로 문제가 있지만, 사귀는 사이에서는 당연하게 드는 감정이니 용서해 주었으면 한다. 여자 친구가 야하게 입고 다른 남자와 얘기하고 있으면, 누구든 싫을 것이다. 제발 건전한 의상이기를.

어느 날 밤. 나는 거실에서 아오이와 늦은 저녁을 먹고 있었다. 아오이가 입시 학원에서 온 뒤에 먹은 터라, 밤 9

시를 넘긴 시간이었다.

"오빠. 요리 실력이 정말 많이 늘었네요."

테이블을 사이에 두고 마주 앉은 아오이가, 내가 만든 수제 크로켓을 먹으며 말했다.

수험 공부를 시작하고 나서는 내가 거의 요리를 도맡고 있다. 실력이 느는 건 당연하지만, 이렇게 칭찬받으니 역시 기분이 좋다.

"고마워. 아오이가 잘 가르쳐 준 덕분 아니겠어?"

"초반에야 그랬죠. 요즘은 혼자 요리 공부도 하잖아요."

"너한테 '맛있다'라는 말을 듣고 싶었거든. 그러다 보니 자연히 노력하게 되더라."

"유야 오빠……. 실력 향상의 비결이 사랑, 이었군요."

아오이가 넋을 잃은 표정으로, 젓가락으로 집은 크루켓을 바라본다.

어떤 얘기를 해도 그쪽으로 연결 지을 수 있다니, 재능 아닐까?

"아하하……. 참, 그렇지. 축제 준비는 잘돼 가?"

"네. 아, 그, 야한 코스튬 의상 말인데요……."

"으엉어?!"

놀란 나머지 이상한 소리가 나와 버렸다.

설마 했는데, 정말로 입게 된 건가?!

"아오이! 그, 학교에서는 과한 의상은 좀 그렇지 않을까…….”

“네. 실행 위원들도 같은 의견이어서, 건전한 의상으로 결정됐어요.”

“후우……. 다행이다. 마음이 놓이네.”

“후후. 걱정하지 말아요. 전에 말했잖아요. 제 야한 모습은, 오빠한테만 보여 주겠다고.”

“그렇게 말하지 말아 줄래?!”

그건 그거대로 위험한 의미로 들린다고!

“왜요? 안심했다가 놀랐다가, 오빠, 이상해요.”

“이상한 건 네가 한 발언이지……. 아무튼, 준비는 잘돼?”

“네. 반 아이들도 열의에 차 있어요. 저도 꼭 성공시키고 싶고요.”

“그렇구나. 의욕이 넘치네.”

“반 친구들끼리 다 같이 하는 학교의 마지막 행사잖아요. 최고의 추억으로 남기고 싶어요.”

아하. 수험 준비로 바쁜데도 축제 준비에 매진하는 이유가 그거였구나.

……학교 마지막 행사라.

졸업식이 있지만, 졸업식과 축제는 분위기가 전혀 다르다. 학교에서 보는 학생 아오이를 볼 기회가 이제 축제밖에 남지 않았다.

아오이의 고등학교 마지막 무대.

무슨 일이 있어도, 꼭 보러 가야 해.

"있잖아, 아오이. 축제에 외부인도 갈 수 있어?"

"와도 되기는 하는데……. 혹시, 와 주려고요?!"

"응. 아오이가 학교에서 열심히 하는 모습을, 내 누 눈에 새기고 싶어."

"유야 오빠……. 고마워요!"

기뻐하면서 '기대되는 게 하나 더 늘었어요!'라고 덧붙이며 환하게 웃는 아오이.

내 다리에 뭔가가 닿고 있는데, 신나서 다리를 앞뒤로 흔들고 있는 모양이다.

"아하하. 신나 보이네."

"당연하죠. 유야 오빠가, 제가 코스프레 의상을 입은 모습을 그렇게 보고 싶어 할 줄이야."

"그런 목적이 아니거든?"

코스프레는 오히려 걱정되고 불안한 마음이라고.

"후후. 농담이에요."

"알면 다행이고……."

"학교가 아니라, 집에서 코스프레를 한 저를 독차지하고 싶다……, 이런 뜻이죠?"

아오이가 나를 올려다보며 말한다.

무의식적으로 남자를 유혹하지 말아 주라. 제발 좀.

두근거리는 나를 두고, 아오이는 아무렇지도 않게 천진

난만하게 웃었다.

"유야 오빠. 저, 축제가 정말 기대돼요."

"아오이……. 그래. 나도 기대할게."

아오이와 반 애들이 다 함께 준비한 코스프레 카페. 어떤 의상을 입고, 어떤 메뉴를 선보일까. 아직은 알 수 없지만, 꼭 성공하면 좋겠다.

거기까지 생각하다 문득 의문이 생겼다.

나한테는 고등학교 축제에 함께 가 줄 지인이 없다. 당연하지만, 혼자 가게 될 것이다.

……아저씨가 혼자서 교내를 어슬렁거리면 수상하지 않나?

거기다 목적지는 코스프레 카페. 여고생의 코스프레를 보러 온 변태라고 생각하는 거 아니야?!

"아오이. 남자가 혼자 교내를 돌아다니면 위험할까? 그, 변태로 오해를 산다거나……."

그렇게 물으니, 아오이는 멍한 표정으로 입을 벌린다.

그러고는 이내 웃음을 터트렸다.

"후후, 그런 걱정을 했어요?"

"아니, 그렇잖아. 괜히 수상한 사람이라고 오해하면 아오이한테도 민폐고……."

"걱정 말아요. 학교에서 보호자증을 발급해요. 이름을 적어서 달고 다니면 학생의 관계자라는 증명이 돼요. 저희

학교는 일반인들에게는 공개하지 않아서, 그 보호자증이 없는 사람을 수상하게 여길 가능성은 있지만요."

"그렇구나……."

학교 지정 신분증이 있다면 인심이나. 낭당하게 교내를 돌아다닐 수 있겠어.

"그러고 보니, 쿠라타도 축제에 온댔어요. 남동생이 저희 학교 1학년이라서 보러 온대요."

"그래? 쿠라타가, 입시 학원 친구 맞지?"

쿠라타 마키. 아오이와 마찬가지로 국립대를 목표로 하는, 선도위원장이다.

"네. 동생네 학교의 풍기가 어지럽지는 않은지 확인해야겠다면서 엄청 의욕적이었어요."

"대체 어떤 마음가짐으로 축제를 보러 오는 거지……?"

애초에 코스프레 카페를 연다는 시점에서, 풍기가 어지럽지 않다고 할 수는 없을 듯한데.

"아무튼 보호자증만 있으면 문제없어요. 만약 오빠가 수상하게 여겨져서 끌려가도, 제가 데리러 가서 무죄를 증명해 줄게요."

"뭐?! 그, 그렇게 되지 않도록 조심할게……."

고등학교 마지막 축제에서 약혼자가 체포된다니, 웃음도 안 나온다. 보호자증, 고이 달고 다니자.

"코스프레 카페 말고는 뭐가 있어?"

"여러 가지요. 볶음국수, 초코바나나, 프랑크푸르트소시지. 그리고……."

"다 먹을 거네."

"뭐예요, 그 반응? '아오이는 먹보'라는 표정인데요."

아오이가 눈을 흘기며 노려본다.

딱히 그런 생각 안 했는데……. 아니, 잠깐 했어. 미안.

"음식 말고는 뭐 해?"

"귀신의 집이나 점 같은 정석적인 것도 하고요, 체육관에서는 합창이나 춤 공연도 하고……, 아, 동아리 행사도 한다고 했어요."

아오이가 신난 얼굴로 반마다 뭘 하는지 소개해 줬다. 그 표정이 생기 넘치고 활기차서, 듣는 나까지 기분이 좋아진다.

……이런 표정을 짓는 고등학생 아오이를 보는 건, 이번이 마지막일지도 몰라.

그러니까 나도 마음껏 즐기며 아오이와 즐거운 추억을 만들어야지.

그런 생각을 하는데, 아오이가 내 얼굴을 들여다본다.

"유야 오빠. 제 말, 듣고 있어요?"

"어? 아, 미안……."

"아이참, 귀 기울여 줘요. 초코바나나 말인데요, 듣자니까 특별히 신경 쓴 부분이 있다나 봐요——."

또 먹는 얘기다. 역시 먹보다.

나는 속으로 피식 웃으며 아오이의 이야기를 들었다.

◆

10월이 되자, 날씨가 제법 선선해졌다.

해가 저무는 게 빨라지고, 퇴근길에 코스모스가 핀 것도 봤다. 완연한 가을이다.

얼마 전, 아오이가 슈퍼 전단을 보며 '꽁치를 파네……. 가을이구나'라고 진지하게 중얼거렸다. 아오이에게 가을은 '식욕의 계절'인 듯하다.

오늘은 드디어 축제 당일. 나는 아오이가 다니는 고등학교에 도착했다.

들어가기 전에 보니, 교문에 손수 만든 출입구를 설치했다. 기둥 부분에는 형형색색의 풍선이 달려 있고, 출입구 상단 간판에는 '축제에 오신 걸 환영합니다!'라는 문구가 적혀 있다. 축제 특유의 들뜬 분위기를 잘 살린 걸작이다.

교문을 드나드는 건 학생뿐만이 아니다. 료코 아줌마와 비슷한 연배의 사람들이 여럿 보인다. 아마도 재학생들의 보호자이리라.

반면 나는 보호자라고 하기에는 너무 젊고, 학생이라고 하기에는 늙었다…….

혹시, 나 너무 튀나?

"그래도, 이게 있으니까 수상해 보이지는…… 않겠지?"

가슴에 단 네임택을 만지며 혼잣말한다. 안에는 아오이에게 받은 보호자증이 들었다.

"괜찮아. 나는 수상한 사람이 아니야. 보호자야……."

그렇게 중얼거리며 접수 대기 줄에 섰다.

얼마 지나지 않아 내 차례가 됐다.

의심받지 않고 명부에 이름을 적고 나니, 축제 팸플릿을 받았다.

안도하며 팸플릿을 펼쳤다.

"아오이네 반은…… 3층이구나."

교사로 들어가 복도를 걷는다.

전에 수업 참관을 하느라 온 적이 있었는데, 그때와는 분위기가 아예 다르다. 학생들이 축제용으로 맞춘 반 티셔츠를 입고, 모두 신이 났다. 복도에도 부스 안내 간판이 나와 있고 벽에는 색종이 꽃과 풍선 장식을 붙였다.

예전에 우리 고등학교 축제도 이런 느낌이었지. 왁자지껄 떠들면서, 꾸미는 거 재미있었는데.

추억에 젖으며 계단을 올라 3층에 도착했다.

한 교실 앞에 사람들이 몰려 있다. 여학생들이 꺄악, 꺄악, 소리치고 그 중심에 소년이 서 있었다.

"저기, 아오이네 교실 앞인가……?"

코스프레 카페가 인기를 끈 건가. 그렇다기에는 손님이 전부 여학생이라는 게 살짝 마음에 걸리는데…….

의아해하며 인파 쪽으로 다가갔다.

여학생들의 중심에 있던 건 신고였다. 코스프레 카페라서 그런지 집사 복장을 하고 있다.

미야마에 신고. 아오이 친구이자 루미의 남자 친구다.

신고가 오른손으로 앞머리를 쓱 넘기며, 미소를 짓는다.

"훗. 너희들, 이 몸을 보러 온 거라고? 얼마나 한가하길래……. 어쩔 수 없지. 딱하니까 상대해 줄게."

"이 몸 캐릭터로 접객하는 거야?!"

나도 모르게 걸고넘어지고 말았다.

저건, 루미한테만 보여 주는 성격이 아니었나? 어쨌든 집사 복장까지 입어서 캐릭터가 제대로 산다.

"꺄아악! 신고 니이이임!"

"목소리 미쳤다……. 그 아름다운 목소리로 나 좀 막 나무라 줘어어어!"

"내 전속 집사가 되어 줘! 돈은 얼마든지 줄게!"

신고를 둘러싼 여학생들의 흥분도가 엄청나다.

왜 이렇게 열광하지? 열렬한 '이 몸 집사' 팬클럽이라도 있나?

주변 남학생들은 분하다는 듯 신고를 본다.
“부럽다.”
“나도 인기 있는 인생이었으면.”
이렇게 투덜거리는 말소리가 여기저기서 들린다.
그 기분 잘 안다. 나도 어느 쪽이냐 하면 고등학교 때는 인기 없는 쪽이었으니까.
그렇게 쓸데없이 동질감을 느끼고 있는데, 교실에서 여학생이 나왔다.
경찰 코스프레를 한 여자애다. 미니스커트 밑으로 쭉 뻗은 가는 다리가 스타킹에 싸여 있다. 몸매가 좋다.
경찰 코스프레를 한 학생이 내게 말을 건다.
“오? 유야 오빠. 하이, 하이.”
“어……. 루, 루미?!”
경찰의 정체는 다름 아닌 루미였다.
친근하게 구는 갸루 경찰이라니, 일부 남자들의 취향을 제대로 저격하는 코스프레잖아. 대체 이 가게의 콘셉트는 뭐지?
루미가 장난감 수갑을 손가락에 빙글빙글 돌리면서 웃는다.
“수상한 오빠 발견~. 체포해 버린다?”
“역시 수상해 보여?!”
“딱 봐도 수상쩍어……. 여고생의 코스프레를 보러 온 거지?! 솔직하게 말해! 고향에 계시는 어머니가 울고 계셔!"

당장이라도 체포하려고 들 기세다. 이 카페, 역할 몰입도 제대로다.

"수상한 사람 아니야. 봐, 보호자증도 있어."

"아하하, 알다마다요~. 유야 오빠는 아웃치의 보호자잖아요. ……응? 남자 친구도 보호자로 치나?"

"뭐, 뭐, 보호자 같은 면도 있지 않을까……?"

어쨌든 보호자라는 명목으로 아오이와 동거를 시작했으니까 틀린 말은 아니……겠지? 아오이와의 관계가 너무 진전돼서, 이제 내 위치가 점점 헷갈린다.

"이익."

복잡한 머리로 고민하는데, 루미가 심통이 난 듯한 소리를 냈다. 볼을 부풀리고는 식고를 노려본다.

"뭐야. 여자애들한테 왜 저렇게 서비스해 줘? 아무리 가게를 위해서라지만 좀 심하잖아."

"……질투해?"

"헤엑?!"

내가 꼬집자, 루미의 얼굴이 살짝 붉게 물든다.

"아, 아니거든요!"

"아하하. 루미도 참 외골수라니까."

"시끄러워요! 확 체포할까 보다!"

"왜?!"

살짝 놀린 건데, 너무 부당하다.

"됐고요. 유야 오빠, 아옷치 보러 온 거죠? 어서 들어가요."

"응……. 아, 루미?!"

루미가 내 손목을 덥석 잡았다.

"자, 자. 손님 한 분, 연행합니다~."

나는 루미에게 끌려가 가게로 들어갔다.

안에 들어서자, 가장 먼저 눈에 띈 건 칠판이었다. 커피잔과 멜론소다 음료의 그림을 그리고, 애니메이션 느낌의 여자 캐릭터 그림도 그렸다. 분필로 그린 그 그림은 색도 알록달록하다.

교실 안에는 테이블 자리가 군데군데 있다. 책상을 붙여서 식탁보를 깐 모양이다. 카페가 잘되는지, 빈자리가 두 자리밖에 없었다.

주위를 둘러봤는데 아오이는 안 보였다.

쉬는 시간인가……. 실수했다. 근무 시간을 미리 확인해 둘걸.

루미가 안내한 자리에 앉으니, 메뉴판을 건넨다.

"파스타에 샌드위치까지……. 메뉴가 굉장히 다양하네."

"가정교과실에 있는 조리대를 빌려서 만들고 있어요. 그래서 불도 쓴답니다."

"아하, 그래서 그렇구나."

"자, 유야 오빠! 이 메뉴판에서 마음에 드는 오므라이스를 골라요!"

"오므라이스밖에 못 골라?!"

메뉴가 이렇게 많은데?!

"우리 가게가 자랑하는 오므라이스예요. 무조건 맛있을 걸요?"

루미가 씩 웃으며 오므라이스를 추천한다.

웃는 걸 보니…… 아오이를 놀릴 때 웃는 표정과 비슷하다.

수상하다. 이 오므라이스, 뭔가 있군?

"그러면 나는 나폴리탄 스파게티로……."

"오케이! 오므라이스 하나!"

"안 시켰거든?!"

횡포다. 이렇게까지 해서 오므라이스를 먹이고 싶은가?

정정할 틈도 없이 루미는 휴대폰으로 어디론가 연락하기 시작했다. 아마 가정교과실 조리 담당에게 주문을 전달하는 거겠지.

"그럼, 천천히 즐기세요~."

통화를 마친 루미는 손을 흔들며 사라졌다.

과연 어떤 오므라이스가 나올는지.

루미는 짓궂다. 뭔가 이상한 걸 넣을 가능성도 있어……. 설마 고추냉이?! 고추냉이를 넣으려고?! 고추냉이의 매운 맛에 몸부림치는 내 모습을 동영상으로 찍어서 축제의 추억으로 남길 셈인가?!

"큭! 이렇게 긴장감 넘치는 카페는 처음이야……!"

두근두근하며 기다리는데, 간호사 코스프레를 한 종업원과 눈이 마주쳤다.

종업원이 나를 향해 곧장 걸어온다.

"……어?"

간호사 코스프레 한 저 사람, 아오이 아니야?

아오이가 내 자리로 와서 생긋 미소 짓는다.

"유야 오빠. 와 줘서 고마워요."

"벼, 별말씀을……."

아오이의 코스프레가 너무 눈부셔서, 나도 모르게 넋을 놓고 말았다.

머리 위에는 조그마한 간호사 모자를 썼다. 옷은 원피스 타입의 흰 간호사복이다. 앞 지퍼는 위까지 꽉 잠겨 있는데, 사이즈가 작은지 가슴 부분이 강조되어 보인다…….

아니, 잠깐만. 치마도 너무 짧은데?!

이봐, 실행 위원회. 얘기가 다르잖아. 이게 무슨 건전한 의상이야.

"저기……, 유야 오빠. 이 의상, 어때요?"

아오이가 머뭇거리며 치맛자락을 아래로 잡아당겼다. 본인도 치마가 짧은 게 신경 쓰이는 모양이다.

문득 주위를 둘러보았다. 손님으로 온 남학생들이 아오이를 힐끔거리고 있었다.

에잇, 이 사촌기들! 내 약혼자를 음흉한 눈으로 보지 마!

"귀엽기는 한데, 다른 남자가 보는 건 싫다……. 아."

망했다! 무심코 본심이 튀어나와 버렸어!

아오이가 눈을 반짝이며 바짝 다가왔다.

"오빠! 진짜예요?!"

"아니, 그게……, 응."

"와……! 질투! 질투 맞죠?!"

"잠깐, 얼굴이 너무 가까워!"

"안심해요! 간호사 코스프레, 집에서도 해 줄게요!"

"큰 소리로 무슨 말을 하는 거야?!"

정말이지. 들키면 어쩌려고.

나는 작은 목소리로 아오이에게 말했다.

"아오이, 이상한 말 하지 마. 그리고 목소리 좀 낮춰."

"그렇지만, 오빠가 이런 반응을 보이는 게 기뻐서……."

"안 돼. 우리 사이는 들키면 곤란하잖아."

"……네."

아오이가 마지못해 입을 다문다. 입술을 삐죽거리며 시무룩해한다.

으음……. 좀 엄하게 말했나?

아오이는 오늘을 기대했다. 축제를 좋은 추억으로 남기려면 너무 꾸짖는 것도 안 좋을 수도 있어.

나는 아오이의 귓가에 속삭였다.

"……남자의 보기 흉한 질투야. 너를, 독차지하고 싶었거든."

내가 말을 하자마자, 얼굴이 새빨개지는 아오이.

달래려고 한 말인데…… 그렇게 노골적으로 부끄러워하면, 나도 민망한데?!

"아하하……. 그건 그렇고 쿠라타는 왔어?"

황급히 화제를 돌리자, 아오이는 고개를 가로저었다.

"아뇨, 아직이요. 코스프레 카페에 들르기로 약속했는데……."

아오이가 걱정스러워하며 교실 입구로 시선을 돌린다.

그때 마침, 신고가 들어왔다. 옆에는 손님으로 보이는 여자애가 있다.

"빈자리에 앉아. 이따가 상대해 줄게."

"네, 네헤."

여자애가 목소리를 떨며 대답한다. 얼굴이 상기된 이유는 신고의 응대에 설레서 그럴까.

여자애는 세일러복을 입고 있었다. 안경을 쓰고 양 갈래로 땋은 머리가 잘 어울리는, 딱 봐도 성실한 타입. 겉모습으로 추측건대 고등학생 같다.

신고가 다시 복도로 나가자, 안경 소녀는 뭐라 뭐라 중얼거리며 빈자리를 향해 걸었다.

"파, 파렴치해! 복도에 저런 나르시시스트 집사를 세우

다니. 며칠 전에 읽은 책이 생각나 버렸잖아……. 집사가 사실 남장한 여자고, 모시는 아가씨네 집안이 빚더미에 앉게 돼서 빚을 갚기 위해 빚쟁이에게 굴욕적인 플레이를 강요당하고, 그러면서 타락해 가는 에로 동인지가!"

"에로 동……. 뭐라고?!"

에로 동인지에 엄청 해박한 여고생이 왔는데?!

복도의 나르시시스트 집사는 아마 신고 얘기겠지.

하지만 그 외 내용은 전혀 이해할 수가 없었다.

듣기에 생소한 설정을 예로 드는 걸 보니, 꽤 수준 높은 에로 동인지 소믈리에로군.

"왔어요, 유야 오빠. 저 친구가 쿠라타예요."

"정말?!"

이것 참, 또 굉장히 개성 넘치는 친구네……. 아니, 선도 위원장이 에로 동인지 소믈리에라니, 그게 맞아?

"아오이. 괜한 참견일 수도 있는데, 여자애가 큰 소리로 '파렴치하다' 같은 말은 안 하는 게 좋다고 생각해."

"그건 쿠라타의 말버릇이에요."

"아, 그렇구나……."

정보의 범람에, 나는 그냥 생각하기를 관뒀다. 태클 걸면 지는 거다.

"쿠라타."

아오이가 말을 건넸다.

그러자 쿠라타가 손을 흔들며 이쪽으로 다가왔다.

"안녕, 아오이. 잘 지냈어?"

"네. 와 줘서 고마워요. 남동생은 만났어요?"

"아니, 아직. 점심 지나고 체육관에서 춤춘다니까, 그때 가서 인사할까 해……."

대화 중에 쿠라타와 눈이 마주쳤다. 나는 바로 가볍게 묵례했다.

"안녕하세요. 아오이의 '삼촌' 아마에입니다."

연인으로 오해하기 전에 삼촌 설정으로 밀고 나가기……. 이것도 이제 완전히 익숙해졌다.

"안녕하세요. 쿠라타 마키입니다. 아오이랑 사이좋게 지내고 있어요."

쿠라타가 예의 바르게 인사하며 고개를 꾸벅 숙였다. 첫인상은 좀 그랬지만, 의외로 성실하고 예의 바른 아이인지도 모르다.

그렇게 안심하는데, 쿠라타가 얼굴을 붉히며 아오이의 간호사 복장을 가리켰다.

"그보다 아오이! 옷이 그게 뭐야!"

"이거요? 간호사복이에요. 저희 반의 테마가 '코스프레 카페'거든요."

"그렇다 쳐도 이건 너무 파렴치하잖아……. 에로 동인지 상황도 아니고."

안심하자마자 훅 들어온다.

이 애는 뭐든지 에로 동인지 기준으로 생각하지 않으면 못 견디는 건가?

쿠라타의 말을, 아오이는 이해 못 했는지, 고개를 갸웃한다.

"음……. 쿠라타. 대체 무슨 말이에요?"

"자주 있잖아! 한밤중에 조용한 병원에서, 딱 붙는 간호사복을 입은 여자 간호사가 입원 중인 젊은 남자 병실에 몰래 들어가서 그렇고 그러는 거!"

그렇고 그러는 거요……? 모르겠어요. 뭘 하는 건데요?"

"그, 그건……, 아마에 삼촌께서 알려 주실 거야."

"알려 주기는 뭘?!"

네가 먼저 꺼낸 에로 동인지 단골 소재 이야기에 애꿎은 나는 끌어들이지 말아 주렴.

"아무튼, 아오이가 걱정돼서 그래. 여자애가 이렇게 노출이 심한 옷을 입다니……. 불특정 다수의 남자에게 보여 주는 거잖아. 이런 건 좋지 않아."

쿠라타가 타이르듯 말한다. 이러니저러니 해도, 아오이를 진심으로 걱정해 주는 것 같다.

"쿠라타……. 맞는 말이에요. 알겠어요. 앞으로 조심할게요."

"알아줘서 고마워. 미안해, 오지랖 부려서."

"아뇨. 걱정해 줘서 기뻤어요……. 보여 줄 사람은 골라야겠죠."

그렇게 말하면서, 슬쩍 나를 본다. '유야 오빠한테만 보여 줄게요!'라는 표정을 짓지 마. 반응하기 곤란하단 말이야.

쿠라타는 고개를 갸우뚱하며 말했다.

"무슨 말인지 잘은 모르겠지만, 뭐, 좋아. 재미있게 즐기다 갈게."

그렇게 말하고는 자리를 떴다.

그런 쿠라타는 빈자리에 앉자마자 루미를 보더니,

"저 갸루 경찰 코스프레……. 범죄 조직에서 잠입 수사하다가 실수해서 잡히는 바람에 악당들한테 그렇고 그런 짓 당하는 에로 동인지 콘셉트인가?!"

그러면서 혼자 신나게 떠든다.

더는 뭐라 지적할 기력도 없으니 그냥 넘어가자…….

기가 막혀 할 말을 잃고 있는데, 밀리서 루미가 아오이에게 외쳤다.

"아옷치! 일단 가정교과실로 가!"

"앗! 그, 그렇죠!"

아오이가 나를 돌아보며 미안한 듯 사과한다.

"죄송해요, 유야 오빠. 일부러 와 줬는데 미안하지만, 잠깐만 일하고 와도 돼요?"

"물론이지. 너무 오래 붙잡아 둬서 나야말로 미안해. 일

잘하고 와."

"고마워요. 금방 올게요."

아오이는 손을 흔들며 갔다.

일하는 중인데 나하고만 있을 수도 없는 노릇이니까. 오므라이스가 나올 때까지 혼자 기다리자.

잠시 후, 휴대폰을 만지작거리며 기다리고 있으니 아오이가 돌아왔다. 손에는 오므라이스가 담긴 접시를 들고 있다.

"유야 오빠, 기다렸죠?"

아오이가 접시를 테이블 위에 놓았다. 금빛 오므라이스가 갓 만들어 따끈따끈하다. 모락모락 김을 내며 반짝반짝 빛을 낸다.

"오오! 제대로네!"

"후훗. 어서 먹어 봐요."

"응, 잘 먹을게!"

숟가락을 달걀지단에 찔러 넣는다. 안은 반숙이다. 흰자와 노른자가 어우러져 부드럽게 흘러내린다.

밥과 함께, 탱글탱글한 달걀을 숟가락으로 떠서 그대로 입으로 가져간다.

"오빠, 맛 어때요?"

"엄청 맛있어……. 어?"

이 가정적이면서 따스한 오므라이스. 나는 이걸 먹어 본

적이 있다.

조금 전에 일하러 간다더니, 설마…….

"이 오므라이스, 혹시 아오이가 만들었어?"

내가 묻자, 아오이의 표정이 환하게 밝아진다.

"대단해요. 어떻게 알았어요?"

"그야, 익숙한 맛이기도 하고 내가 좋아하는 맛이니까."

"유야 오빠……. 후훗. 이런 점이에요."

"뭐가?"

"이런 걸 잘 알아차려 주는 거요. 정말 기뻐요, 진심으로."

"아하하. 아오이도 참, 오버는."

"오버 아니에요. 존경해요."

"뭐~? 쑥스러우니까 그만해──."

"저기, 두 분?"

"으악!"

"꺅!"

갑자기 귓가에서 들려온 목소리에, 나랑 아오이는 동시에 소리를 질렀다.

목소리의 주인은 말할 것도 없이 루미다. 여전히 경찰 코스프레 중이며 손에는 수갑을 들었다.

"루, 루미였군요……. 정말이지. 놀랐잖아요."

"나하하. 미안, 미안. 유야 오빠, 오므라이스는 어땠어요?"

"맛있었어. 추천해 줘서 고마워, 루미."

"맛있죠? 아옷치가 의욕이 넘쳤거든요. '오빠한테 오므라이스를 먹게 해 주고 싶어요. 제가 만든 오므라이스, 좋아하니까요'라면서."

"루미! 그건 비밀이라고 했잖아요!"

아오이가 얼굴이 새빨개져서는 항의한다.

아하. 루미가 오므라이스를 강요한 건 그런 이유였구나. 네 고운 마음씨도 모르고 짓궂은 장난이라고 의심해서 미안하다…….

"정말! 루미, 바보, 바보!"

"아옷치, 태도가 반항적이네? 괜찮겠어? 위험 연애 과실 알콩달콩죄로 체포해 버린다?"

"과, 과실 알콩달콩요……? 그런 죄도, 법도 없어요."

"나는 범행 현장을 봤는데 어쩌나……. '유야 오빠……. 후훗. 이런 점이에요'."

"익! 왜 따라 해요!"

간호사가 경찰을 도닥도닥 때린다. 공무 집행 방해가 아닐까 싶지만, 굳이 말하지 않기로 한다.

루미가 화내는 아오이를 손가락으로 척 가리킨다.

"그런고로, 아옷치에게 형을 선고합니다!"

"그건 경찰이 아니라 판사의 일 아닌가요……. 그래서, 무슨 형이죠?"

"아옷치는 징역 반나절! 지금부터 유야 오빠와 '러브러브 축제 데이트' 형에 처한다!"

루미가 힘차게 판결을 내리자, 아오이가 멍하니 입을 벌렸다.

"어……. 놀고 오라는 뜻이에요?"

"그렇지. 즐겁게 놀고 와."

"하지만요, 루미. 제 쉬는 시간은 아직 멀었는데요?"

"괜찮아, 괜찮아. 내가 주방 애들한테 연락해서 잘 얘기해 뒀어. 조금 빠르기는 한데 쉬어도 된대."

그러니까, 눈치껏 배려해 준 거구나……. 참 착해. 정말 좋은 친구들을 사귀었다.

아오이도 나와 같은 생각을 했는지, 따뜻하게 미소 짓는다.

"루미……. 정말 고마워요."

"그래, 그래. 인사는 됐고. 어서 옷 갈아입고 와!"

"네. 오빠, 잠깐만 기다려 줘요."

그렇게 말하고 아오이는 교실을 나섰다. 발걸음이 가벼워, 마치 소풍이라도 가는 듯이 경쾌했다.

그만큼 나와 축제를 구경하고 싶었던 거겠지……. 루미의 배려가 고마울 따름이다.

"루미, 고마워."

"네? 뭐가요?"

"아오이 쉬는 시간 말이야. 배려해 준 거지?"

“그런 셈이죠. 멋진 여자죠? 반하면 안 돼요~?”

루미는 찡긋 윙크하며 가루피스를 한다. 전혀 경찰답지 않아서 나도 모르게 웃음이 나왔다.

“아하하. 멋진 여자 맞지. 배려심 넘치고, 상냥하고. 반하겠는데?”

“어어. 방금 그 말, 바람 발언 아니에요?”

“바람?! 아니, 아니, 그냥 농담…….”

“바람 현장 목격! 체포하겠다!”

“그럼, 너도 공범──. 엥?”

찰카닥.

금속이 스치는 듯한 쇠붙이 소리가 주위를 울렸다.

“이 소리, 설마……!”

고개를 숙여 내 손을 본다.

수갑이 채워져 있었다. 게다가 루미 손목에도.

……진짜 채웠어!

“잠깐만, 루미! 이거 장난감이지?! 풀 수 있는 거지?!”

“아하하! 뭘 그렇게 당황해요. 열쇠야 당연히 있죠, 장난감이라고요~.”

루미가 장난스레 웃는다.

다, 다행이다……. 뭐, 보통 그렇겠지. 진짜 수갑일 리야 있겠어. 열쇠가 없다는 건 더 말도 안 되고.

“그렇지……? 하하. 나잇값도 못 하고 당황해서 부끄

럽네.”

“에헤헤. 진짜로 당황한 유야 오빠, 완전 웃겨~.”

“아하하. 그만 놀려.”

“동영상이라도 찍어둘 걸……. 응? 어라?”

둘이 웃고 있는데, 루미의 표정이 이상하다. 주머니에 손을 넣어 뭔가를 찾는데, 뒤져도 아무것도 나오지 않는다.

“루미? 왜 그래?”

내가 묻자, 루미가 창백한 얼굴로 대답한다.

“일 났다……. 열쇠 잃어버렸나 봐요.”

“뭔 소리야?!”

잠깐, 잠깐만! 경찰과 수갑으로 이어져 있어서 진짜 수상한 사람 같잖아!

운 좋게 수상한 사람 취급은 받지 않더라도 이러고 있는 모습을 아오이가 보게 되면 파국……. 빨리 해결해야 해!

“침착해, 루미. 열쇠를 마지막으로 본 게 언제야?”

“어, 어……. 이 의상으로 갈아입었을 때였나? 그때 수갑이랑 같이 본 거 같아요.”

“그러면 갈아입을 때는 갖고 있었네. 옷은 어디서 갈아입었어?”

“탈의실에서 갈아입고, 짐도 거기 놔뒀어요. ……아, 기억났다! 열쇠를 잃어버리면 안 되니까 신발 속에 넣어 뒀지!”

드디어 루미 얼굴에 웃음이 돌아온다.

휴. 무사히 사건 해결.

……그런 줄 알았는데.

"유야 오빠! 저랑 같이 여학생 탈의실로 가요!"

"안 돼! 가기는 어디를 가!"

아저씨가 여학생 탈의실에 어떻게 들어가냐!

"왜 안 돼요? 뭐가 어때서요?"

"생각해 봐, 루미. 남자가 여학생 탈의실에 몰래 들어가도 된다고 봐?"

"괜찮아요~. 지금 시간에는 아옷치밖에 없는걸요."

"그러면 더 안 되지!"

아오이가 나한테 환멸할 미래밖에 안 보인다고.

이러다가는 진짜로 수상한 사람이 되고 만다. 뭔가 대책을 강구해야 해.

"루미. 친구한테 신발 좀 가져다 달라고 부탁하는 건 어때?"

"오, 좋은 생각이에요! 당장 부탁하러 다녀올게요!"

"잠깐! 갑자기 뛰면——. 으헉!"

루미가 뛰기 시작하는 순간, 수갑의 사슬이 팽팽해지면서 팔이 끌려가는 바람에 균형을 잃고 그 자리에 쓰러졌다.

"으아악!"

짧은 비명을 지르며, 이어서 루미도 넘어진다. 나와 수갑으로 연결돼 있으니 당연한 결과였다.

우리는 쓰러진 채로 서로의 상태를 확인했다.

"루미, 괜찮아?"

"아야야……. 괜찮아요. 미안해요, 갑자기 뛰어서……."

쑥스러운 듯이 에헤헤 웃는 루미.

그러나 이내 내 뒤쪽을 보고는 갑자기 겁을 집어먹는다. 조금 전보다 확실히 안색이 나쁘다.

……뭐지? 내 등 뒤에서 뭔 일이 났나?

의아해하며 뒤를 돌아보았다.

"……지금 뭐 하는 거예요?"

교복으로 갈아입고 온 아오이가 장승처럼 우뚝 서 있었다. 바닥에 엎드린 우리를 가만히 내려다보면서.

"아웃치! 들어 봐, 어떻게 된 거냐면……."

"루미! 변명하지 마요!"

"죄, 죄송합니다……."

루미가 벌벌 떨며 사과한다.

항상 밝은 루미에게서 웃음기가 사라지다니……. 큰일 났다, 보통 일이 아닌데?!

아오이의 검은 눈동자가 되록 구르며 나를 담는다.

감정을 전혀 읽을 수 없어서, 무서워 미치겠는데요……!

"아오이. 그, 그게, 사정이 좀 있었어……."

"사정이요? 아주 즐거워 보이는걸요?"

"그러니까……. 그렇지! 루미랑 놀고 있었어! 그러다 갑자기 긴급 사태가 벌어져서……."

"흐응? 경찰 코스프레를 한 여고생이랑 수갑을 한 쪽씩 나눠 차고 사이좋게 뒹굴고 있는 게 '노는 거'였다……. 유야 오빠는 그렇게 인식하고 있는 건가요?"

"아뇨, 잘못했습니다, 죄송합니다!"

그렇게 무표정한 얼굴을 하고 이성적으로 몰아붙이지 마. 진짜 무섭단 말이야.

아오이의 입술이 천천히 움직이며 부드러운 곡선을 그린다.

하지만 눈은 여전히 전혀 웃고 있지 않다.

"유야 오빠, 루미."

"네, 네!"

"네, 네!"

"혹시 바람피우기 놀이를 하고 있던 거라면…… 용서 안 해요?"

아니야, 정말 사고야!

……그렇게 주장할 분위기가 아니다.

아오이의 기세에 눌린 나와 루미는, 그저 사과할 수밖에 없었다.

◆

제대로 사과하고 나서 나와 루미는 아오이에게 자초지종을 설명했다.

"하여간 못 살아요. 루미니까 그럴 거라고 예상은 했어요."

아오이는 그렇게 말하며 기막혀했지만, 아까 본 눈은 진심으로 화난 거라고 생각한다. 물론 말하면 불난 집에 기름 붓는 꼴이니 입 밖으로 내지는 않았지만.

그 후, 아오이가 열쇠를 가져다줘서 나와 루미는 수갑에서 해방되었다.

지금은 아오이와 둘이 축제를 둘러보는 중이다. 아오이는 완전히 기분이 풀린 상태고, 그냥 걷고 있기만 하는데도 만면에 미소를 짓고 있다.

"자, 어디부터 구경할까?"

물어보자, 아오이가 잠시 고민한다.

"글쎄요……. 사실 어디든 좋아요."

"어디든?"

아오이치고는 대답이 상당히 미온적으로 들렸다.

기대 많이 했을 텐데…… 가고 싶은 데가 없나?

의아하게 생각하는데 아오이가 난감한 듯 웃는다.

"부스에서 먹거리를 사 먹든, 반이나 동아리 행사를 보든…… 오빠랑 함께할 수 있으니까 뭐든 즐거울 거예요. 그래서 하나를 고르기가 쉽지 않아요."

"그, 그렇구나……."

갑자기 그런 심장 떨리는 말 하지 마. 나, 그런 거에 약하단 말이야.

"오빠. 어디를 보러 가면 좋을까요?"

"굳이 고르지 않아도 되지 않을까? 그냥 둘러보다가, 그때그때 느낌으로 정하는 것도 즐거울 거야."

"그때그때 느낌으로……. 좋네요, 그 방법!"

왠지 새롭고 좋다며 신이 나서 말하고는 내 팔에 팔짱을 꼈다.

축제 데이트를 즐기는 것 같아 보여서 기쁘다.

하지만 말할 것도 없이 여기는 학교다. 이렇게 과한 스킨십은 아무래도 좀 곤란하다.

"아오이. 너무 붙으면 안 돼. 나는 보호자 자격으로 온 거니까."

"알아요. 살짝만요, 너무 붙지만 않으면 되는 거죠?"

"진짜 아는 거 맞아?!"

이런 때 '살짝만'은 말이 안 되잖아.

지적할 틈도 없었다. 아오이가 내 팔에 팔짱을 끼고 걸음을 내디뎠다.

"자! 유야 오빠, 가요!"

"아, 알았으니까 당기지 마!"

아무리 보호자증을 달고 있다지만, 팔짱을 끼면 이상하

게 생각할 수도 있다고!

나는 조마조마한 마음을 안고, 아오이에게 이리저리 끌려다니게 되었다.

◆

결국, 내 불안은 기우로 그쳤다. 먹거리 부스가 늘어선 운동장에 도착할 즈음에는 아오이도 이성을 되찾고 내게서 떨어졌다. 자기가 너무 들떴었나 보다고 부끄러워하며 반성하는 모습이 귀여웠던 건, 나만의 비밀이다.

그랬던 아오이는 먹거리를 눈앞에 두자, 이번에는 또 다른 스위치가 켜졌다.

"오빠! 뭐부터 먹을까요?"

"그러게. 아오이는 뭐 먹고 싶은데?"

"전부 다요. 그래서 순서를 정할까 해요."

"다 먹겠다고?!"

잘 먹는다고 생각은 했지만, 청소년의 식욕을 얕봤다. 아저씨인 나는 따라갈 수가 없어…….

그 후, 우리는 먹거리 부스를 쫙 돌았다. 나는 절반밖에 제패하지 못했지만, 아오이는 전부 다 뚝딱 평정했다. 10

대의 식욕, 미쳤다.

먹으며 돌아다닌 뒤에는 체육관으로 갔다.

연극부가 공연하는 현대판 '로미오와 줄리엣', 합창부의 아름다운 하모니, 즉흥 랩 배틀 같은 별난 코너도 있었다. 보는 것마다 퀄리티가 좋아서 나도 아오이도 푹 빠져들었다.

학생들이 진지하게 임하는 모습에 가슴이 뭉클해진 나는, 저절로 눈가가 뜨거워졌다.

아, 나도 나이를 먹었구나…….

절감한다.

체육관 행사가 전부 끝난 무렵에는 어느새 해가 기울어 있었다.

우리는 교사 옥상으로 올라왔다. 아오이가 조용한 곳에서 느긋하게 이야기하고 싶다며 나를 끌고 왔다.

올려다보니, 하늘이 저 멀리까지 꼭두서닛빛으로 물들어 있다. 하루의 끝을 알리는 따스한 햇살이 교사를 부드럽게 감싸듯 쏟아진다.

우리는 난간 옆에 서서 운동장을 내려다보았다. 시간이 시간이다 보니, 철수하기 시작한 부스도 많다.

"되게 북적였는데, 철수하는 모습을 보니 좀 쓸쓸하네요."

"그러게……. 아. 덕분에 오랜만에 초코바나나 먹었어. 맛있더라."

"코에 초코 묻었었잖아요. 후훗, 귀여웠어요."

“어? 그렇게 나오시겠다? 아오이도 귀여웠거든? 도넛 먹을 때 ‘학원 가기 전에 먹는 것과 달리 죄책감이 안 들어서 좋네요’라고 했잖아. 편의점에서 몰래 군것질하던 거, 다 들통났어.”

“그, 그건 말하면 안 되는 거예요!”

아오이가 얼굴을 붉히며 내 어깨를 탁 때렸다.

몰래 도넛 먹는 아오이를 상상하니 너무 귀엽고 웃기다.

분명 행복한 얼굴로 볼이 미어지도록 오물오물 먹었겠지.

“정말. 틈만 나면 놀려요.”

“아하하. 피차일반이지. 나는 이런 장난 주고받는 거 좋아하는데?”

“……후훗. 저도 싫지 않아요.”

둘이 웃는데 시원한 저녁 바람이 불었다. 해도 조금씩 지고 있다. 슬슬, 즐거운 축제도 끝나 간다.

힐끔 옆을 본다.

아오이의 하얀 뺨이 노을빛에 물들어 있다.

“유야 오빠. 저, 또 하나 꿈이 이루어졌어요.”

“꿈?”

“고등학교 마지막 축제에서 사귀는 사람과 데이트하기……. 이룰 수 없는 꿈이라고 생각했는데, 오빠 덕분에 이뤘어요.”

“……그랬구나.”

어른인 나와 학교 축제 데이트는 하기 힘들다.

아오이는 그렇게 생각한 모양이다.

나는 아오이의 손을 잡았다.

“아오이. 앞으로는 이루기 어려울 것 같은 소원이어도 나한테 말해 줘.”

“말, 하라고요?”

“정말 어려울지 어떨지, 같이 고민하고 싶어. 봐, 축제 데이트도 의외로 쉽게 이뤄졌잖아? 우리 둘이 상의하면, 더 많은 꿈을 이룰 수 있을 거야.”

“유야 오빠……. 그러네요.”

아오이가 미소 지으며 부드럽게 손을 꼭 쥐어 온다.

“다음은 오빠 차례예요. 소원 없어요?”

“음……. 나도 하나 이뤄졌는데.”

“어떤 소원이었는데요?”

“이렇게 예쁜 여자 친구랑 축제 데이트를 하는 거. 학생 때는 사귀는 사람이 없어서 꿈이었거든.”

“아니……. 학교에서 그런 말 하지 마요. 바보.”

“아하하. 미안. 이제 안 할게.”

“……집에서는 해도 괜찮아요.”

괜찮다기보다는, 해 줬으면 좋겠다는 얼굴이다. 이렇게 응석 부리는 건 정말 반칙이다.

“있잖아요, 오빠.”

아오이가 잡은 손에 힘을 줬다.
“저, 꿈이 하나 더 있어요.”
그렇게 말하며, 수줍어하며 웃는 아오이.
방금까지의 애교 섞인 말투가 아니었다.
표정도 어딘가 어른스러워 보인다. 마치, 여름날 불꽃놀이 축제에서 뺨에 뽀뽀했을 때처럼.
다시 한번 바람이 불고, 아오이의 치맛자락이 나부낀다. 그걸 신경 쓰는 기색도 없이, 무언가를 전하려는 듯 나를 바라본다.
“저, 깨달았어요. 오빠 옆에 있으면, 이제껏 몰랐던 감정이 넘쳐흐른다는 것을요.”
“……아오이?”
“제가 모르는 감정…… 더 많이 알려 줘요.”
아오이가 내 허리에 팔을 두르고, 얼굴을 가까이 가져온다.
모르는 감정……. 내 예상이 맞는다면, 이 이상은 위험하다.
그러나 나는 저항하지 못하고, 자연스럽게 아오의 허리에 팔을 감고 말았다. 분위기와 장소 탓에 그대로 휩쓸리기 직전이었다.
아오이가 홍조를 띤 얼굴로 내게 더 다가왔다.
틀림없다. 불꽃놀이 때와는 다르다.

이건, 입술로 나누는 진짜 키스──.

덜커덩.

갑자기 옥상 문이 열린다.

문이 열리고 루미가 나타났다.

"찾았다, 아옷치! 슬슬 가게 정리해야 하니까 교실로 모이라고……. 어이쿠!"

쾅!

나와 눈이 마주치자마자, 루미가 문을 세게 닫아 버렸다.

"어, 음……. 마음껏 하시기를 바랍니다."

문 너머로, 루미의 웅얼거리는 목소리가 들린다.

아오이가 내게서 황급히 떨어졌다.

"루미?! 오, 오해예요! 바, 방금 그거는 그런 거를 하려던 게 아니라……, 그, 그렇지! 눈앞에서 눈싸움하려는 거였어요!"

아오이가 어설픈 변명을 늘어놓으며 그대로 옥상을 내려가 버렸다.

혼자 남겨진 나는, 한숨을 후 쉬었다.

아직도 심장이 쿵쾅쿵쾅 두방망이질 치며 날뛴다.

보통은 그 흐름에서 키스할 거라고 생각 못 한다고.

애초에 '축제 데이트 말고 꿈이 하나 더 있다'라고 얘기하고 있었잖아. 그게 왜 키스로 이어진…… 어?

꿈 이야기를 꺼내자마자, 아오이는 나에게 키스하려 했다.

그 말인즉슨——.

"꿈이 나랑 키스하는 거였어?!"

어쩌지. 무게 잡고 '이루기 어려울 것 같은 소원이어도 나한테 말해 줘'라고 했는데? 그랬는데 키스를 시도하면 어떡해……!

나는 머리를 감쌌다. 얼굴이 터질 것처럼 뜨겁다.

아오이는 응석꾸러기이다. 한 번 키스를 허락하면 매일 밤 키스를 조를 게 틀림없다.

'유야 오빠. 더 기분 좋은 키스를 해 보고 싶어요……. 안 돼?'

이런 식으로 말하면서 몸을 밀착할 게 뻔하다.

그리고 도톰한 복숭앗빛 입술로 몇 번이고——. 악, 망상 집어치워! 같이 살기는 하지만, 아오이는 아직 고등학생이라고. ……응?

그럼, 아오이가 고등학교를 졸업하면?

키스 같은 게 당연해지는, 세상 어디에나 있는 평범한 커플이 된다는 거잖아——.

지잉! 지잉!

"헉?!"

주머니에 넣어 둔 휴대폰이 울려, 나는 깜짝 놀라 정신을 차렸다.

확인하니, 아오이에게서 메시지가 왔다.

「축제 뒷정리가 길어질 것 같으니까, 미안하지만 오빠 먼저 집으로 가 있어요. 그리고 오늘 정말 고마웠어요. 수험이 끝나면 또 데이트해요! 많이, 아주 많이요. 약속이에요!」

귀여운 메시지에 절로 미소가 번진다.

수험이 끝나면……. 그래. 지금은 중요한 시기다. 데이트도, 키스도 당분간은 아끼자.

그리고…… 머지않아 마주해야 할 문제이기도 하다. 마음속에 새겨 두자.

휴대폰으로 메시지를 입력한다.

「알겠어, 약속할게. 그리고 오늘 고생했어. 나도 축제 데이트 즐거웠어. 저녁 준비해 놓고 기다릴게. 조심해서 와.」

그렇게, 행복이 가득 담긴 메시지를 보냈다.

축제가 끝나고 우리 집은 다시 일상으로 돌아왔다. 나는 변함없이 회사 일과 집안일에 쫓기고 아오이는 공부에 힘쓴다.

아오이는 입시 학원 수업이 없는 날에도 자습하러 나가고 주말에는 모의고사를 치르곤 한다. 온 · 오프 전환이 빠른 게 정말 대단하다.

달이 바뀌어, 11월이 되었다.

대학 입학 공통 시험까지 앞으로 두 달. 드디어 결전의 날이 가까워지고 있다. 공통 시험 원서는 이미 제출했고, 준비는 완벽하다.

어느 날 밤. 아오이는 자기 방에서 공부하고 나는 소파에서 혼자 쉬고 있었다.

시각은 밤 10시를 넘긴 참이다.

슬슬 자려는데, 아오이의 방문이 세차게 열렸다. 쾅, 큰 소리가 나서 깜짝 놀라 몸을 움츠린다.

"오빠!"

나를 부르며 방에서 아오이가 나왔다. 쿵쿵 발소리를 내며 내게로 온다.

"왜 그래? 허둥지둥."

"루미요, 지원한 전문학교에 합격했대요!"

"합격?! 대단한데!"

"네! 면접 연습을 열심히 했거든요……. 안심이에요."

아오이가 안도한 듯 한숨을 내쉬며 친구의 합격을 기뻐한다.

"정말 잘됐다."

나는 그 옆에서 맞장구쳤다.

전문학교는 대학 입시와는 일정이 다르다.

알고는 있었지만, 이 시기에 합격 발표가 나는지는 몰랐다. 어쨌든 아오이 친구의 기쁜 소식은 나도 기분이 좋다.

"루미, 노력 많이 했구나. 미용사의 꿈에도 한 발짝 다가갔네."

"네. 다음은 신고 차례예요. 꼭 합격하면 좋겠어요!"

"신고는 수험 치지? 시험 날짜가 아직 좀 남았어?"

"학교 추천 선발이라서요. 아마 곧 시험 볼 거예요. 지정 고교 추천이니까 틀림없이 합격할 거라 믿어요."

아오이가 웃으며 설명했다.

학교 추천 선발 전형이란, 고등학교 교장의 추천이 필요한 지원 방식이다. 서류 심사 외에 면접이나 소논문, 학력 테스트를 요구하는 대학교도 있다.

그중에서도 지정 고교 추천은 대학교가 지정한 고등학교의 학생만 응시할 수 있는 특수한 입시 전형이다. 소위 지정교 추천이라 불린다.

지정 고교 추천 전형은 모집 정원이 매우 적다. 그렇기에 교내에서 그 자리를 두고 경쟁한다. 신고는 그 경쟁을 뚫고 선발된 거니까 성적도 학교생활 태도도 아주 우수했을 것이다.

"지정교 추천은 합격률이 높다니까 분명 합격할 거야. 루미와 신고의 합격 축하 파티라도 준비하면서 기다리자."

"합격 축하 파티……. 좋은 생각이네요!"

"그렇지? 괜찮으면 우리 집에서 할까?"

"정말요? 그러면 제가 요리를 대접하는 것도 좋겠어요……. 후훗. 왠지 기합이 들어가요!"

메뉴는 어떤 거로 할지 중얼거리며 즐겁게 메뉴를 구상하는 아오이.

아오이의 손맛이라면 두 사람도 좋아할 거다. 매일 먹었던 내가 보장한다.

그나저나 축하라……. 아직은 멀었지만, 아오이에게도 해 주고 싶은걸.

합격 발표 일정이 마침 졸업식 시기와 겹친다. 두 가지를 묶어서 성대하게 축하해 주는 것도 괜찮을 듯하다.

그렇게 생각하니, 정석적인 데이트로는 어딘가 부족한 느낌이 드네. 그리고 아오이의 희망 사항도 들어 두고 싶다.

"수험이 끝나고, 나도 아오이의 합격과 졸업을 축하해 주고 싶은데, 어때?"

"어…… 정말요?"

"그럼. 뭐, 좀 이르긴 하지만. 수험을 잘 마친 보상이 기다린다고 생각하면, 동기 부여도 되잖아."

"유야 오빠……. 고마워요!"

그러면서 내 옆에 앉아 와락 안긴다. 갑자기 안겨서 자칫하면 넘어질 뻔했다.

"가, 갑자기 안기지 마. 깜짝 놀라니까."

"그렇지만 너무 기쁜걸요."

아이처럼 에헤헤 웃는 아오이. 이렇게 천사처럼 웃으면 귀여워서 용서해 줄 수밖에 없다.

"그럼, 아오이 기대에 부응해야겠지. 뭐 하고 싶은 거 있어?"

"음, 사실은요……."

기뻐하며 말하려다가 도중에 멈춘다.

……좀 이상하네. 말하기 어려운 이유라도 있는 건가?

"아오이. 사양 말고 말해도 괜찮아."

"고마워요. 그냥, 그…… 마음의 준비가 필요해서요. 조르려면 용기를 내야 한달까, 아직 좀 망설여진달까…….”

아오이가 곤란한 듯 웃었다.

마음의 준비가 필요하다니……. 뭐지?

순간 키스하자고 조를까 싶어 긴장했지만, 아마 그건 아닐 것이다. 만약 키스를 조르려 했다면 더 부끄러워하면서 말할 터다.

“오빠. 이 얘기는 조금만 기다려 줄 수 있나요?”

아오이가 올려다보며 말한다.

솔직히, 용기를 내서 졸라야 한다는 게 신경 쓰이기는 한다.

하지만, 이건 아오이 마음의 문제다. 정리가 될 때까지 기다려 주는 게 최선이다.

언젠가 내게 털어놓을 날이 올 거라고 믿자.

“알겠어. 그러면 마음의 준비가 되면 말해 줄래?”

“네. 부탁드려요. 아, 그리고 지금 해 줬으면 하는 부탁이 있는데요…….”

“뭔데?”

“쓰담쓰담 해 줘요……. 안 돼?”

“정말, 잘도 조른다니까…….”

못 산다는 듯 웃으며 부드럽게 머리를 쓰다듬는다.

그러자 아오이가 흡족한지 눈이 가늘어져라 행복하게 웃는다.

"아오이는 쓰다듬어 주는 거 좋아하더라. 그렇게 기뻐?"
"당연하죠. 반대로 오빠는 제 몸을 만지고 싶다는 생각이 안 들어요?"
"뭐?!"
갑작스러운 의미심장한 질문에, 나도 모르게 경계한다.
지금 발언은…… 나더러 자기 머리를 쓰다듬고 싶냐는 의미인가?
아니면, 말 그대로 자기 몸에 손을 대고 싶냐는 의미……?!
내가 당황한 걸 눈치챘나 보다. 아오이의 얼굴이 확 물들었다.
"아, 아니에요? 오빠도 제 머리를 쓰다듬고 싶다고 생각하나 해서 확인한 거예요!"
"그, 그런 뜻이구나……. 그야 쓰다듬고 싶지. 아오이가 응석 부리는 거, 기쁘니까."
"그러면 다행이지만요……. 히여긴. 오빠는 뭐든지 야한 쪽으로만 생각해요."
"그게 내 탓이야?!"
방금 건 아무리 생각도 아오이의 무자각 발언 탓이다. 뭐, 야한 뜻은 아니었으니까 상관없지만.
안도하는데, 아오이가 나직이 한마디 덧붙인다.
"저는……, 유야 오빠가 만지는 거면, 어디든 괜찮은데."
……뭐?

잠깐만.

방금, 뭐라고 했어? 어디를 만져도 괜찮다고?!

정작 아오이는 딱히 당황한 기색도 없다. 수줍어하지도 않고 말실수했다는 느낌도 아니다.

혹시 생각을 무의식중에 입 밖에 낸 건가……?

아오이가 반응이 없으니, 정확한 뉘앙스를 파악할 수가 없어. ……큭! 설마 진짜로 야한 뜻이었나?!

"오빠. 손이 멈췄어요. 더 쓰다듬어 줘요."

"으, 응……. 있잖아, 아오이. 방금 그 말……."

"네?"

"……미안. 아무것도 아니야."

무서워서 차마 물을 수가 없었다. 스스로가 겁쟁이라고 생각하지만, 만약 정말로 야한 의미였다면 반응하기 곤란하다. 하물며 '유야 오빠……, 만져 줘요. 네?'라는 말을 듣기라도 하면……. 안 돼, 안 돼! 생각하니까 괜히 그런 기분이 드네!

"오빠? 얼굴이 빨간데, 괜찮아요?"

"괜찮아! 그런 기분 들지 않았어!"

"그런 기분요……?"

"아, 아무것도 아니야. 아하하……."

아오이가 어리둥절한 얼굴로 쳐다봤지만, 웃어서 얼버무렸다.

그 후에는 아오이의 머리를 계속 쓰다듬으며, 평온한 시간을 보냈다.

◆

며칠이 지나고 어느덧 12월에 접어들었다.

역 주변이 일루미네이션으로 꾸며져 있어, 어느새 크리스마스 분위기가 완연하다.

며칠 전, 아오이에게 기쁜 소식을 들었다. 루미에 이어 신고도 지망하던 학교의 법학부에 합격했다고 한다. 우리는 마치 자기 일처럼 기뻐했다.

이제 합격 축하 파티를 할 수 있다. 아오이가 바로 루미에게 연락해 일정을 조율했다.

그리고 오늘이 바로 그 파티 당일이다.

곧 정오가 되려는 시각. 루미 일행이 올 시간이다.

"음식 준비 OK, 음료도 OK, 청소도 했고, 그리고……."

들떠서 그런지 아오이가 거실을 왔다 갔다 한다.

"아오이. 그렇게 긴장하지 않아도 돼."

"안 돼요, 오빠. 완벽하게 대접해야 해요. 손님이 실망하면, 우리 평판은 땅에 떨어지고 아마에 가문은 몰락하고 만다고요."

"그렇게까지는 아니잖아."

어디 귀족도 아니고.

"어깨에 힘 빼고 그냥 즐겁게 시간을 보내면 돼. 긴장하면 다 보이니까 다들 마음 편히 못 놀지도 몰라."

"그것도 그러네요……. 히나도 오니까, 평소처럼 할게요."

그렇게 말하면서도 계속해서 시계를 흘끔거린다.

뭐, 말 한마디로 바로 긴장이 풀리지는 않겠지.

오늘은 루미의 동생 히나도 올 예정이다.

처음 만났을 때는 유치원생이었는데, 지금은 초등학생 1학년이다. 지금쯤이면 학교생활에도 제법 익숙해졌을 시기다. 어떤 이야기를 들려줄지 기대된다.

"유, 유야 오빠! 12시예요!"

"진정하라니까……. 어, 왔나 보다."

딩동, 초인종 소리가 울렸다.

"제가 나갈래요!"

아오이가 이 말만 남기고 현관으로 달려갔다. 손님을 맞이하겠다고 의욕적인 모습이 참 보기 좋다.

거실에서 기다리니, 아오이가 루미 일행을 데려왔다.

"아, 유야 오빠! 하이, 하이~. 실례하겠습니다~."

루미가 브이를 그리며 인사한다.

그 옆에 있던 신고는 공손하게 고개를 숙였다.

"유야 형. 오늘 초대해 주셔서 감사합니다."

"어서 와. 신고랑 루미, 합격 축하해. 오늘은 마음껏 놀다 가."

"네. 저희도 그렇지만, 히나도 무척 기대했거든요."

우리 시선이 자연스레 히나에게 향한다. 히나는 아오이와 즐겁게 대화를 나누고 있었다.

"있지, 아오이 언니! 오늘은 뭐 하고 놀아?"

"후훗. 놀기 전에 점심부터 먹을까요? 히나, 배 안 고파요?"

"배고파! 언니도 엄청 배고프다고 했어. 늦잠 자서 아침 안 먹었거든."

"야, 히나! 소녀의 실수를 폭로하지 마!"

루미가 다급히 지적하자, 모두 웃음을 터트렸다.

화기애애한 분위기 속에서, 아오이도 부드러운 미소를 띠고 있다. 루미, 히나 자매 덕분에 긴장감이 풀린 듯하다.

"후훗. 왠지, 그런 느낌이 드네요. 루미와 신고, 히나가 셋이 나란히 서 있으니까 꼭 가족 같아요."

"뭐?!"

"어?!"

아오이의 천연 발언이 작렬한 순간, 루미와 신고의 얼굴이 빨개졌다.

"무, 무슨 소리야, 아옷치?! 가족이라니, 그런……."

"아하하……. 가족이라기에는 너무 젊지."

둘 다 반박하면서도 수줍어한다.

그런 두 사람과 달리, 히나는 못마땅하다는 표정이다.

"에이. 언니는 전혀 엄마 같지 않아. 맨날 덜렁댄단 말이야."

"내가 뭐. 나 안 덜렁거리거든."

"덜렁거려. 목욕하고 나서 속옷 차림으로 거실 돌아다니는 거, 다 봤――!"

루미가 다급하게 히나의 입을 손으로 틀어막았다.

"히, 히나! 언니랑 잠깐 저기 가서 얘기할까?! 여자끼리 비밀 이야기! 응?!"

"읍! 으읍!"

히나는 그 상태로 거실 한구석으로 끌려갔다. 좋아하는 남자 친구 앞에서 폭로라, 끔찍하네……. 동정심이 생긴다.

"아오이. 루미와 히나는 시간이 좀 걸릴 것 같으니까, 먼저 준비하자."

"그럼, 저는 요리할게요. 유야 오빠는 신고하고 얘기 나눠요."

"알았어. 고마워."

아오이는 부엌으로 가고 나와 신고는 자리에 앉았다.

"신고, 다시 한번 대학 합격한 거 축하해."

"감사합니다. 지정교 추천이라 그다지 어렵지는 않았지

만요."

"그렇지 않아. 지정교 추천은 자리도 한정되어 있고 교내 경쟁이 치열하잖아. 그 자리를 따냈으니 평소 노력한 결실이지. 나는 대단하다고 생각해."

"유야 형……. 대학 수험을 잘 아시네요."

"어?!"

아오이의 수험 공부를 도와주고 있으니 당연히 알지. 아오이의 꿈은 나의 꿈! 함께 행복한 미래를 쟁취하리라! 하하하!

……이렇게 말할 수는 없지.

"뭐, 나도 예전에 대학 수험을 치렀으니까."

나는 대충 얼버무렸다.

"그건 그렇고, 신고는 법학부라고 들었는데, 나중에 법조계 쪽으로 가고 싶은 거야?"

"진로를 구체적으로 정한 건 아니지만, 그럴 생각이에요. 이전부터 곤란한 사람들에게 도움이 되는 일을 하고 싶다고 생각했거든요."

"그렇구나……. 뜻이 참 훌륭하네."

고등학교 3학년이었을 적의 나는, 그저 막연히 이과 계열 대학에 진학한 기억밖에 없다. 당시에는 프로그래밍 기술도 없었고 시스템 엔지니어가 되고 싶은 것도 아니었다. 아오이나 루미도 마찬가지지만, 일찍이 자기만의 꿈이 있다는 건 정말 대단하다고 생각한다.

“즐거워 보이네요? 뭐예요, 무슨 얘기 했어요? 남자들끼리 뜨거운 우정 토크?”

루미가 요리를 테이블로 옮기면서 묻는다. 히나와 하러 간 여자들끼리의 대화는 끝났는지 아오이를 도와주는 모양이다.

자세히 보니 루미가 입을 우물거리고 있다. 몰래 집어먹은 게 다 티 난다.

“뜨거운 우정은……. 대입 얘기를 하고 있었어.”

신고가 쓴웃음을 지으니 루미가 씩 웃는다.

“신고가 열심히 하기는 했지. 역시 굉장해.”

“루미! 몰래 집어먹었죠?!”

부엌에서 아오이의 고함이 날아왔다.

“헉, 화났다!”

루미가 웃으며 다시 부엌으로 갔다.

그 모습을 보던 신고는 한숨을 내쉬었다.

“못 말려……. 형, 루미가 시끄럽게 굴어서 죄송해요.”

“하하하. 괜찮아. 루미가 있으면 분위기가 부드러워지고 즐거우니까.”

“그렇다면 다행이지만요…….”

“신고도, 루미의 밝고 긍정적인 성격에 끌린 거 아니야? 배려심도 깊고 좋은 아이잖아.”

"그건…… 노코멘트하겠습니다."

정곡을 찔렸는지, 신고가 뺨을 붉히며 난감한 듯 웃었다.

이렇게 순수하고 성실한 애가, 학교 축제에서 오만한 집사 코스프레를 했었다니 믿기지를 않네……. 뭐, 여경이나 미니스커트 간호사 코스프레가 더 심하지만.

신고와 이야기하는 사이, 음식이 전부 나왔다.

닭튀김, 피자, 감자튀김, 로스트비프, 나폴리탄 스파게티, 초밥 등이 큰 접시에 담겨 있다. 어른뿐만 아니라 히나도 맛있게 먹을 수 있도록 아이들이 좋아할 메뉴가 많다.

모두 자리에 앉자, 히나가 기뻐하며 감탄한다.

"우와! 굉장해, 정말 굉장하다! 이거 전부 아오이 언니가 만든 거야?!"

"아뇨, 유야 오빠가 도와줬어요. 그리고 냉동식품도 좀 있고요……."

"그래도 대단해! 아오이 언니, 좋은 아내가 되겠다!"

"아, 아내요?!"

아오이의 뺨이 발그스름하게 물든다.

"응. 아오이 언니랑 결혼하는 사람은 진짜 행복하겠어."

"그렇군요……. 에헤헤. 오빠, 들었어요?"

"왜 나한테 그럴까?!"

그런 기대 어린 눈으로 보지 말아 줘. 단둘이 있으면 몰라도 루미에 신고, 히나까지 있다고.

"그보다, 아오이. 애써 만든 요리들이 식겠어."
"아, 그러네요. 다들, 드세요."
아오이의 그 한마디를 신호로 축하 파티가 시작되었다.
아오이가 나에게 '아~'를 해 주려 하기도 하고, 신고가 아오이의 요리 실력을 칭찬하자 루미가 질투하고, 칠리소스로 범벅이 된 히나의 입을 보고 다 같이 웃고……. 그런 즐거운 시간이 흘러갔다.
떠들썩해진 분위기 속에서 화제는 루미와 신고의 합격 이야기로 옮겨 갔다.
"둘 다, 다시 한번, 합격 축하해요."
아오이가 축하 인사를 건네자, 루미가 환하게 웃었다.
"고마워. 다음은 아옷치 차례야!"
"그러게요. 두 사람을 따라서 저도 합격할 수 있게 노력할게요."
"아옷치는 문제없다니까 그러네……. 참! 합격하면 유야 오빠한테 축하 선물 달라고 해!"
"아, 사실 선물은 이미 받기로 했어요. 뭘 받을지 구체적으로 정한 건 없지만요……."
"사양 말고, 그냥 대놓고 졸라! 이를테면 미나토구 집은 어때? 유야 오빠는 어른이니까 가능할 거야."
"내가 해 줄 수 있는 선에서 골라 줄래?!"
그건 축하 선물 수준이 아니라고. 억 단위잖아.

"당연히 농담이죠~."

루미가 그렇게 말하면서도 하면서도 힐끔 나를 본다.

"아옷치, 엄청 열심히 하잖아. 그러니까, 가끔은 좀 떼쓰면서 졸라도 돼~. 아옷치가 부딕하면 오빠도 기꺼이 들어줄걸? 그렇죠, 오빠?"

"응. 아오이가 하고 싶은 거는 뭐든지 해 주고 싶어."

"유야 오빠……. 고마워요."

아오이가 수줍어하며 인사를 건넨다.

축하 선물에 대해, 아오이는 마음의 준비가 필요하다고 했다.

방금 대화로 조금은 심경의 변화가 생기면 좋을 텐데……. 괜히 엉뚱한 데서 멋대로 사양하는 습관이 있단 말이지.

그런 생각을 하는데, 히나가 루미의 소매를 잡아당긴다.

"언니, 수험 얘기 지루해~."

"수험이 아니라, 축하 선물 얘기인데?"

"뭐가 됐든 지루해~. 이제 다 같이 놀자. 응?"

"안 돼. 언니하고는 밤에 게임하고 놀기로 했잖아. 그러니까 지금은 참아……."

"괜찮아요, 루미."

아오이가 부드럽게 만류한다.

"히나. 같이 놀아요. 오빠도 괜찮죠?"

"그럼. 물론이지."

“나도 좋아. 히나, 우리 다 같이 놀자.”

나와 신고는 흔쾌히 동의했다.

신나서 들뜬 히나와 대조적으로, 루미는 미안해하며 눈꼬리를 내렸다.

“미안해요, 다들. 히나가 떼를 써서…….”

“아니에요, 루미. 그릇을 정리하고 놀아요.”

나와 아오이는 서둘러 테이블 위의 식기를 부엌으로 옮겼다.

모두 소파에 모이자, 아오이가 쭈그리고 앉아서 히나와 눈높이를 맞췄다.

“히나. 뭐 하면서 놀까요? 소꿉놀이할래요?”

“히나, 소꿉놀이는 이미 졸업했어.”

“네? 그, 그래요……?”

“히나, 이제 초등학교 1학년이야. 그런 유치한 놀이는 안 해.”

“크윽!”

아오이가 두 손과 두 무릎을 바닥에 짚고,

“소꿉놀이는…… 유치하지 않아요…….”

힘없이 반박했다.

히나. 그렇게 잔혹한 말은 하면 못써. 고등학생이 돼서도 곰 인형을 데리고 소꿉놀이하는 여자애가 지금 네 눈앞에 있으니까…….

"히, 히나. 그러면 하고 싶은 놀이 있어?"

풀이 죽은 아오이를 대신해서 내가 물었다.

그러자 히나가 자기 가방을 부스럭부스럭 뒤적이기 시작했다.

"그럼, 요즘 히나네 학교에서 유행하는 게임 하면서 놀자!"

"오. 요즘 뭐가 유행인데?"

히나가 가방에서 나무젓가락을 몇 개 꺼냈다.

"짜자잔! 왕 게임!"

"초등학생이 할 게임이 아니지 않아?!"

미팅에서나 하는 게임이잖아. 어디서 잘 노는 대학생이 왔나.

히나네 학교, 괜찮나? 애들이 이상한 걸 배운다거나 하지는 않겠지?

"이런 말은 꺼내기가 좀 그런데……. 히나네 반 말이야, 생활지도 같은 게 전혀 안 돼?"

"그렇지는 않은데. 다들 선생님하고 사이도 좋은걸. 왕 게임도, 선생님이 학급 잔치 시간에 알려 준 거야."

"그 선생님 좀 놀았대?!"

대학교 때 술 동아리였나……. 아무리 그래도 애들한테 가르칠 게 따로 있지.

나는 루미에게 살짝 귓속말했다.

"루미. 왕 게임은 좀 말리는 게 좋지 않을까……?"

"싫어요! 재미있을 거 같은데. 해 보자!"

"하긴 뭘 해?!"

이럴 때는 언니인 네가 가장 먼저 말려야 하지 않아?!

"괜찮아요, 유야 오빠. 초등학생들이 노는 건데요, 뭘. 별로 자극적인 명령은 안 하겠죠. 혹시라도 이상한 거 명령하면 그때 지도하면 되지 않겠어요? 그게 교육이란 거잖아요?"

"아하……. 그런 깊은 뜻이 있었구나."

만에 하나, 히나가 좀 이상한 명령을 하면, 그 자리에서 바로 타이르고 훈계한다는 거로군. 역시 언니네. 동생을 생각해서 찬성한 거구나.

감탄하는데, 루미가 아오이를 보고 히죽히죽 웃고 있다.

"있죠, 오빠. 왕 게임 하면 말이에요, 질투하는 귀여운 아웃치를 볼 수 있을 것 같지 않아요?"

"설마 그게 본심은 아니지?!"

방금까지 좋은 언니라고 생각했건만……. 단숨에 주가가 폭락했다.

"저기, 오빠. 왕 게임이 뭐예요?"

어리둥절해하는 아오이.

왕 게임을 모른다니……. 이런 쪽으로는 순수하다니까.

"왕 게임은 말이지, 보통 술자리 같은 데서 하는 게임의 일종이야. 다 같이 제비를 하나씩 뽑는데, 숫자나 '왕'이 적

혀 있어. 왕이 된 사람은 '○번이 △번에게 ××하기' 같은 식으로 명령할 수 있어. 이걸 계속 반복하면서 노는 게임이야."

"네?! 뭐, 뭔가 게임이 좀 무섭네요."

"무슨 명령을 할지 긴장되기는 해. 근데 그게 이 게임의 묘미지."

"'1번이 2번의 겨울철 전기세 내기' 같은 명령을 하면 어떡해요……."

"그렇게 어려운 명령은 안 해!"

물론 겨울철 히터 사용량을 생각하면 공포스럽지만!

"아오이. 그냥 게임이야. 예를 들면 '1번이 2번의 매력 포인트 세 가지 말하기' 같은, 좀 하기에 부끄러운 명령을 하면서 분위기를 띄우는 거야."

"아, 그렇군요. 그 정도면 괜찮을 것 같아요."

아오이가 마음이 놓였는지 길게 숨을 내쉰다.

나 원. 전기세 걱정을 하다니, 주부가 따로 없네.

"언니! 준비됐어!"

"오케이. 히나, 그럼 시작하자."

우리는 히나가 든 나무젓가락을 하나씩 뽑았다.

내 젓가락엔 '3번'이라고 쓰여 있다.

"왕 누구야?"

다 같이 정해진 구호를 외치자,

"나!"

루미가 힘차게 손을 들었다.

왜 히죽거리지……. 뭔가 불길해!

"루미, 알고 있지?"

"걱정 마요. 히나도 있는데 이상한 명령은 안 해요."

"말은 그렇게 해도 얼굴은 음흉하기 짝이 없는데……."

"에헤이, 괜찮다니까요. 첫판이잖아요. 잽 정도만 칠게요."

'그럼 명령한다'라며 왕처럼 으스대며 말했다.

"3번, 왕의 어깨를 주물러!"

어깨 주무르기라……. 다행이다. 그 정도면 허용 범위…… 응? 3번?

"으억. 3번이면 나네."

"아하하! 유야 오빠였군요. 자, 자, 어서 왕의 어깨를 주무르거라."

"으윽……. 실례하겠사옵니다, 왕이시여."

나는 루미의 등 뒤로 가서 어깨를 주물렀다.

"어……? 루미, 혹시 어깨 뭉쳤어?"

"어떻게 알았어요? 요즘 같은 자세로 계속 게임만 해서 그런가 봐요."

"그럴 수 있지. 나도 회사에서 종일 컴퓨터로 일하다 보면 어깨가 뻐근하거든."

"회사원도 고생이네요……. 아, 시원해서 기분 좋아요."

"아하하. 다행이다."
"오빠. 기분 좋게 해 주는 거, 능숙하네요……. 아, 거기!"
"여기 더 해 줄까?"
"앗……. 더 세게 해 줘요."
"그래. 간다, 루미……."
"오빠, 와요……. 더 세게……. 앙."
"좋은데, 많이 풀렸어."
"하아……. 너무 좋다. 손기술이 장난 아닌데요?"
루미가 시원한지 감탄하며 힘을 빼고 있다.
내가 어깨 안마에 재능이 있나? 요즘 공부하느라 피곤해하는 아오이의 어깨를 자주 주물러 줘서 실력이 늘었을지도……. 응?
문득 시선이 느껴져 주위를 둘러본다.
아오이와 신고가 나와 루미 쪽을 험악한 얼굴로 보고 있었다.
아차. 저 두 사람이 입장에서는 나와 루미가 집 데이트를 하면서 꽁냥거리는 것처럼 보일 수 있겠구나……!
애초에 왕 게임은 미팅에서 하는 대표적인 게임이다. 다시 말해, 사귀는 사람이 없는 남녀가 하는 게임이라는 뜻이다. 커플이 두 쌍이나 있는 이 상황과는 궁합이 최악이다.
"……흐응. 유야 오빠는 여자를 기분 좋게 해 주는 데 아주 능숙한가 봐요?"

아오이가 나를 차가운 눈빛으로 보며 중얼거렸다.

오해를 불러일으킬 소지가 다분한 말투인데……. 하지만 무서워서 반박할 수가 없다.

"오빠, 고마워요~. 이제 됐어요. 고생했어요."

"벼, 별말씀을."

나는 덜덜 떨며 루미에게서 떨어졌다.

"여러분. 빨리 두 번째 제비를 뽑죠. 동의하죠, 신고?"

"하고말고. 아오이 말대로예요. 바로 왕을 정하시죠."

아오이와 신고가 새카만 오라를 풍긴다.

이건 내가 아는 왕 게임이 아니야. 그냥 파국을 향한 게임이다.

히나가 제비를 걷고 바로 2회전이 시작됐다.

"후훗……. 왕좌는 제가 차지하겠어요."

아오이가 기분 나쁘게 웃는다.

누가 좀 살려 줘. 이렇게 긴장감 넘치는 왕 게임은 하기 싫단 말이야.

내가 뽑은 번호는 4번. 고개를 들어 묻는다.

"왕 누구야?"

"나! 히나가 왕이야!"

히나가 기뻐하며 손을 번쩍 들었다.

두 번째 판 왕은 히나……. 어떤 명령을 내리려나.

"음……. 1번, 2번. 1분 동안 서로 눈 맞춰!"

눈 맞추기라……. 아하, 창피를 주는 쪽의 명령이구나. 왕 게임의 정석이라고 할 수 있는 유형이다.

그러나 그건 어디까지나 미팅에서나 얘기다.

커플투성이인 지금 상황에서는 지뢰밖에 안 된다.

"앗, 저 1번이에요."

"어……, 2번은 나야."

아오이와 신고가 손을 들었다.

또 커플이 아닌 조합이네……. 뭐, 아오이가 질투하지 않는 게 어디야.

"히나가 시간 잴게. 준비, 시작!"

히나의 신호에 맞춰 아오이와 신고가 마주 보고 눈을 맞춘다. 특별히 대화를 나누지도 않고, 그냥 조용히.

지금까지는 별문제가 없어 보인다. 아무 일 없이 끝나려나?

그렇게 생각했는데, 아오이의 상태가 좀 이상하다.

"……윽."

아오이가 순간 민망해하며 시선을 돌렸다. 게다가 뺨도 조금 발그스름하다.

아, 아오이……. 고작 눈을 맞춘 정도로 부끄러워한 거야?! 나 말고 다른 남자한테?!

한편, 신고도 아오이의 변화를 감지했는지, 어색하게 시선을 피했다. 신고의 얼굴도 약간 붉다.

뭐야, 이 풋풋한 분위기! 청춘 로맨스냐!

머리로는 안다. 이 복잡한 감정이 남자의 옹졸한 질투임을.

하지만 이해할 수 있느냐 하면, 그건 또 별개의 문제다.

야, 신고! 야릇한 눈빛으로 우리 아오이 꼬시지 마!

내 옆에서는 루미가 어둠의 기운을 뿜고 있었다.

"흐응……. 신고는 나 말고 다른 여자한테 그런 표정을 짓는구나……?"

히이이이익!

루미 얼굴이 흑화한 집착 여주인공인데?!

동공이 확장돼서 무서워……. 그리고 제발 머리를 그렇게 벅벅 긁지 말아 줄래? 잃어 가는 이성을 통증으로 붙들려는 것처럼밖에 안 보인다고!

"으음, 왠지 좀 머쓱하네요."

"그러게. 아하하……."

아오이와 신고가 서로 멋쩍게 웃는다.

아, 뭔가 풋풋해서 눈이 부셔……. 아저씨인 나는 낼 수 없는 청춘 분위기 좀 그만 뿜어 주라. 마음이 아프거든.

"……으흑. 혹시 내가 신고가 싫어할 만한 짓을 한 거야? 말해 줘. 고칠게……."

옆에서는 방금까지 분노하던 루미가 눈물을 글썽이고 있다. 꼭 나쁜 남자만 좋아하는 안타까운 연애 체질이 있는 여자가 하는 말 같다.

"됐어! 1분 끝!"

혼탁한 분위기 속에서 히나의 천진난만한 목소리가 울려 퍼졌다.

하아, 지옥 같은 시간이 드디어 끝났네…….

"자, 빨리 제비 뽑아……. 다음 왕은 나야, 왕은 나……!"

뭐라고 중얼중얼하는 루미. 이미 정서가 완전히 박살 나서 보고 있기가 힘드네…….

"뽑아!"

히나의 신호와 함께 3회전으로 돌입됐다.

각자 제비를 뽑고 번호를 확인한다.

"크으윽……!"

루미가 제비를 보며 부들부들 떤다. 보아하니 아무래도 이번에도 왕이 아닌 모양이다.

참고로, 나는 또 4번이었다.

"왕 누구야?"

구호가 끝나자, 신고가 자기라며 조심스레 손을 들었다.

"무슨 명령을 해야 할지 어렵구나. 가능하면, 분위기가 훈훈해질 명령을 하고 싶은데……. 그래, 그렇지!"

신고가 손뼉을 짝 쳤다.

"2번이 4번에게 평소 못 한 감사 인사 하기. ……어때?"

감사 인사라……. 그거라면 질투할 일도 없겠지. 신고다운, 다정한 명령이라서 정말 좋다고 본다.

문제는 내가 4번이라는 건데……. 그래도 하는 쪽보다는 덜 부끄럽다. 질투로 싸해지는 것보다야 훨씬 낫지.

"내가 4번인데 2번은 누구야?"

"……저예요."

"어?! 아오이라고?!"

아오이가 나한테 평소 못다 한 감사 인사를 한다고……? 안 돼! 무조건 애정이 뚝뚝 흐를 텐데!

"좋다, 좋아! 평상시에 쑥스러워서 못 한 고마운 마음을 전달해, 아오이!"

갑자기 기운을 되찾고 아오이를 부추기는 루미.

너, 정말 아오이를 놀리는 걸 좋아하는구나?!

아오이는 그런 루미를 뒤로하고 나를 가만히 쳐다본다. 온화하게 미소 지은 얼굴이 살짝 붉어져 있다.

"유야 오빠."

"자, 잠깐만."

"제가 고민할 때, 우울할 때, 곤란할 때…… 늘 곁에서 버팀목이 되어 줘서 고마워요. 정말 많이 좋아해요."

"좋아……. 천만에."

아오이가 웃는 얼굴이 소중하고 소중해서, 나도 모르게 고개를 돌리고 말았다.

이렇게 직설적으로 좋아한다는 말을 들으면, 당연히 기

쁘다.

무심코 나도 '나도 많이 좋아해'라고 할 뻔했잖아.

두근두근 설레는 내 옆에서 히나가 웃었다.

"에헤헤. 아오이 언니는 유야 오빠를 정말 좋아하는구나."

"아……!"

이런. 히나와 신고한테는, 우리가 '삼촌과 조카' 사이라고 해 뒀다. 안 그래도 친밀한데 많이 좋아한다느니 하는 말을 했으니, 의심받기에 딱 좋다.

상황이 좋지 않아……. 부탁이야, 아오이! 히나에게 의심받을 일이 없게 해 줘!

"그, 그그그그, 으으으으……!"

아오이가 땀을 폭포수처럼 흘리며 버벅댄다.

너무 동요했어!

큭……. 아마에 유야, 침착해라. 아직 괜찮아. 친구 생각이 깊은 루미가 있잖아. 루미라면, 아오이를 분명 도와줄 거야.

나는 루미에게 소곤소곤 말했다.

"저기, 루미. 아오이가 곤란해하는데……."

"그러게요~, 좋아한다고 해 버렸네요……. 좋았어! 저만 믿어요!"

"루미……!"

"어찌할 바 모르는 아오이의 귀여운 얼굴……. 동영상으로 찍어서 상영회를 해야겠어!"

"루미?!"

바로 배신당했다……. 여기는 우리 집이라고! 왜 집주인인 내 상황이 더 불리한 거야!

더는 의지할 사람이 없다. 상황을 타개할 수 있는 사람은 나뿐이다.

"있지, 히나. 아오이가 좋아한다고 한 건, 나를 삼촌으로서……."

"히나도 알아. 유야 오빠는 삼촌이잖아. 아오이 언니는 삼촌을 많이 따르는구나."

"그, 그렇지! 너희도 있는데 이러니까 쑥스럽네, 하하……."

위험했다. 히나는 딱히 의심하지 않은 모양이다.

아오이도 드디어 진정했는지,

"저, 아저씨 많이 좋아해요! 아저씨는 연상이고 점잖고 멋지거든요!"

그러면서 변명하기 시작했다.

저기, 그냥 '삼촌'이라고만 해도 되잖아. 그렇게 말하면 미중년 좋아하는 여고생처럼 들려…….

뭐, 어쨌든 이걸로 위기는 넘겼다.

그런 줄 알았는데…….

"있지, 아오이 언니! 유야 오빠의 어떤 점이 좋아?"

히나가 캐묻는다.

어쩌지. 아오이가 애정 어린 자랑을 하는 미래가 아른거려……. 빨리 막아야 해!

"히나! 이제 다음 제비 뽑자……. 뭐야?!"

내가 히나에게 말을 하려는데 루미가 내 어깨를 붙잡았다.

"안 돼요, 유야 오빠. 아옷치가 애정을 발산할 기회라고요."

"나한테는 위기야! 손 좀 놔 봐. ……너, 힘이 왜 이렇게 세?!"

루미의 손을 뿌리치려 했지만 꿈쩍도 하지 않는다. 이것이 바로 아오이의 애정 표현을 보고 싶다는 집념이 낳은 힘인가……!

"유야 오빠의 좋은 점요……?"

그렇게 입을 떼며, 아오이가 수줍게 나를 본다.

"항상 저를 가장 먼저 생각해 주는…… 점이요."

그러고는 새빨개진 얼굴을 두 손으로 가려 버린다.

부끄러우면 말하지 말지.

아오이의 애정 표현에 만족했는지, 루미가 놓아주며 엄지를 척 세웠다.

"유야 오빠……. 아옷치의 마음, 받아 줘야죠?"

"시끄러워!"

나도 부끄럽다고! ……기쁘기는 하지만.

"앗! 오빠가 지금 살짝 기뻐했어! 귀여워~!"

"루미, 제발……!"

어느샌가 히나와 신고도 즐겁게 웃고 있다.

……대학 합격 축하 파티가 어느 틈엔가 나와 아오이를 놀리는 파티가 되어 버렸다.

◆

파티한 날로부터 며칠이 지나고, 올해도 이제 보름도 채 남지 않았다.

어느 토요일 밤. 저녁 식사를 마친 나와 아오이는 영상 통화를 할 준비를 했다. 호주로 출장을 가 계시는 료코 아줌마와 정기 연락을 하는 날이기 때문이다.

"아오이, 시간 다 됐는데, 전화 걸어도 괜찮아?"

"네, 괜찮아요."

테이블 위에 올려둔 태블릿 단말기를 조작한다.

잠시 후, 화면에 료코 아줌마의 얼굴이 비쳤다.

「안녕, 아오이, 유야. 잘 지냈니?」

"저희는 잘 지내요. 그렇지, 아오이?"

"네. 엄마야말로 잘 지내요? 바쁘다고 외식만 하면 안 돼요. 알죠? 그리고 수면 부족은 일과 피부 미용의 적이에요."

「어휴~. 나도 알아, 얘. ……유야, 미안해. 아오이가 잔소리가 좀 심하지?」

"아하하. 이제 완전히 익숙해졌어요."

"오빠? 그게 무슨 뜻이에요?"

볼을 부풀린 아오이가 나를 흘겨본다. 나는 진땀을 빼고, 아줌마만 즐겁다고 웃으신다.

여느 때처럼 잡담으로 시작해서, 입시 얘기로 옮겨 갔다.

「아오이, 힘들겠구나. 곧 센터 시험이라 정신없지?」

"엄마, 지금은 대학 입학 공통 시험이라고 해요. 이제 기억 좀 해요."

아오이가 지적하자, 료코 아줌마가 질린다는 듯 쓴웃음을 지으신다.

또 잔소리한다고 생각하시는 게 분명하다.

아줌마 말씀대로, 대학 입학 공통 시험이 코앞이다.

공통 시험의 결과가 향후 입시 향방에 크나큰 영향을 미친다. 왜냐하면 공통 시험은 국립 대학교의 1차 시험에 해당하기 때문이다.

공통 시험을 치고 나면 각 대학교에서 개별로 실시하는 2차 시험을 본다. 그리고 1차 시험과 2차 시험 결과를 합산해서 합격 여부가 결정되는 것이다.

아오이는 국립인 일본 학예 대학뿐만 아니라, 사립 대학교도 함께 지원한다. 만약 일본 학예 대학에 떨어질 경우를 대비해, 대학교에 확실히 진학하기 위한 보험이다.

사립 대학교는 공통 시험 성적으로만 합격과 불합격이 갈리는, 이른바 '단독형'으로 지원할 예정이다.

즉, 공통 시험은 이오이가 응시하는 모든 대학교의 합격 여부와 연결되는 셈이다. 그런 의미에서 가장 중요한 시험이라고 해도 과언이 아니다.

「아오이, 지금이 가장 바쁘고 힘들겠지만, 힘내렴.」

"괜찮아요, 엄마. 오빠가 도와주고 있으니까요."

「후후, 그것도 그렇구나. 유야, 아오이를 부탁할게.」

"네. 맡겨 주세요."

나는 대답하며 시계를 힐끔 봤다.

곧 아오이가 잠자리에 들 시간이다. 아쉽지만, 이만 끊어야 할 것 같다.

"료코 아줌마도 건강히 지내세요. 새해 복 많이 받으시고요."

「아, 잠깐만. 중요한 말을 깜빡했네.」

"중요한 말요?"

「응. 이번에 휴가를 좀 길게 쓸 수 있게 됐거든. 그래서 잠깐 귀국할까 해.」

"정말요?!"

나보다 먼저 아오이가 몸을 쑥 내밀며 반응한다.

「후후, 정말로. 당장은 못 가지만, 두 달쯤 뒤에 돌아갈 수 있을 것 같아.」

"그러면 2월 말쯤 귀국하는 거예요?!"

그렇게 묻는 아오이의 표정이 엄청나게 기뻐 보였다.

물론, 오랜만에 사랑하는 엄마를 만난다는 것도 있으리라.

하지만 이유가 그것만은 아닐 거다.

료코 아줌마가 2월 말에 귀국하신다면, '그 학교 행사'에 참석할 수 있기 때문이다.

「응. 우리 딸 졸업식에 맞춰서 갈 생각이란다. 딸이 고등학교 생활에 마침표를 찍는 날에 맞출 수 있어서 다행이야.」

"엄마……. 약속! 약속했어요?!"

「그래, 그래. 엄마도 일 열심히 할 테니까, 아오이도 입시 공부 열심히 해야 한다?」

"네! 신난다~!"

아오이가 테이블에 있던 곰 인형을 끌어안고 신이 났다. 수학여행 때 자기에게 줄 기념품으로 산, 여우 가면을 쓴 그 곰 인형이다.

아오이네 집안은 모자 가정이다. 그 영향도 있어, 료코 아줌마는 아오이의 학교 행사에 좀처럼 참석하지 못했다고 들었다.

그래서 외로웠다고 아오이도 말했었지. 오랜만에 학교 행사에 엄마가 와 준다니, 기쁠 수밖에.

"잘됐다, 아오이."

"네. 졸업식이 벌써 기다려져요."

"아하하, 곰도 기쁘대? 정말……."

"'기쁘고말곰! 주인님의 웃는 얼굴을 보면, 곰 마음도 포근해진다곰!'"

"곰이 말했어?!"

물론, 아오이가 목소리를 변조해서 낸 거다. 느닷없이 소꿉놀이를 시작한 것이다.

"곰~, 곰~, 곰곰~."

곰 인형의 양손을 잡고 위아래로 움직이면서 정체불명의 노래를 부른다.

우리 앞인데도 소꿉놀이에 여념이 없다.

아니, 진짜 귀엽기는 한데……. 귀엽기는 한데! 어떻게 반응해야 할지 고민스럽다고!

「어머나, 거기 있는 곰도 신이 났네.」

"네. 아, 엄마, 소개할게요. 이 아이는 교토에서 산 곰인데, 이름이 뭐냐면……. 헉!"

마침내, 본인이 소꿉놀이 중이었다는 걸 알았는지, 얼굴을 새빨갛게 물들이고는 허둥댄다.

"아, 아니에요, 엄마! 이건 그러니까, 소꿉놀이가 아니라요……!"

「변명하지 않아도 된단다. 어릴 적부터 소꿉놀이를 좋아했잖니.」

"그런 적 없다고 부정할 수 없는 게 괴로워요……!"

「유야, 아오이의 이런 모습까지 잘 부탁해.」

"네, 네……."

솔직히 뭘 부탁하시는 건지 이해는 안 됐지만, 일단 알겠다고 하자. 생각하면 지는 거다.

"있잖아요, 유야 오빠."

아오이가 부른다. 곰 인형으로 얼굴을 가리고 수줍어하면서.

"졸업식이요, 오빠도 오면 좋겠어요. ……안 돼?"

안 되냐고 묻는 타이밍에, 인형 뒤에서 얼굴을 빼꼼 내민다. 귀엽게 조르는 게 100점 만점에 100점이다.

"안 되기는. 나도 꼭 가고 싶어."

"오빠……. 고마워요. 기대할게요."

우리가 이야기하는 모습을, 료코 아줌마가 미소를 머금고 흐뭇하게 지켜보신다.

……아줌마도 정말 기쁘시겠지. 사랑하는 딸이 장성해서 무사히 졸업하니까. 부모만이 알고 느끼는 감정들이 여러모로 있을 거다.

"나중에 나와 아오이 사이에 아이가 생기면 나도 알 수 있으려나……."

"흐엑?! 아, 아이요?!"

아오이의 얼굴이 순식간에 새빨갛게 물들었다.

방금 아오이가 아이라고 했는데…… 설마 나, 생각한 걸 무의식중에 소리 내서 말한 거야?!

"잠깐, 아오이! 그, 지금 내가 한 말은 말이지……."

「유야, 괜찮아~. 너라면 좋은 아빠가 될 거란다. 아줌마가 보장해.」

"료코 아줌마까지, 놀리지 마세요!"

아오이도 모자라 나까지 실수하다니, 엉망진창이다.

우리는 왜들 이렇게 부끄러운 말을 입 밖으로 내는 거야아아……!

그날 밤은, 료코 아줌마의 놀림을 받으며 깊어져 갔다.

◆

며칠이 지나고 크리스마스가 되었다.

아오이는 오늘부터 겨울 방학이라 아침부터 입시 학원에 간다. 평일이므로 회사원인 나는 평소처럼 출근했다.

아오이 말로는 입시 학원은 저녁 무렵에 끝난다고 한다. 오늘 밤은 둘이 오붓하게 식사할 시간이 충분할 것 같다.

공통 시험을 앞둔 지금은 막바지 시기다. 크리스마스일지언정, 아오이와 데이트할 시간은 없다.

그래도, 적어도 집에서 크리스마스 분위기를 낼 수는 없을까.

그렇게 생각한 나는 퇴근길에 역 앞의 케이크 가게에 들렀다. 나는 자허토르테를, 아오이 거로는 아오이가 좋아하는 얼그레이와 잘 어울리는 치즈케이크를 각각 골랐다.

아오이, 놀라려나……. 뭐, 케이크를 먹는 건 크리스마스의 정석이라 할 수 있으니 그렇게 대단한 서프라이즈는 아닐지도. 그래도 아오이라면 기뻐해 줄 것이다.

설레는 마음으로, 일루미네이션으로 물든 거리를 걷는다. 겨울 공기는 몸이 떨릴 만큼 차지만, 아오이가 집에서 기다리고 있다고 생각하면 추위도 추위 같지 않았다.

집으로 와 문을 열었다.

"다녀왔어, 아오이."

현관에서 인사했지만, 대답이 없다. 공부에 집중하고 있는 것이리라.

신발을 벗고, 거실로 향했다.

한 발 들어선 그 순간――.

파팡!

갑자기 폭죽 터지는 소리가 울려 퍼졌다.

"우왁! 뭐, 뭐, 뭐야?!"

우리 집에서 총격전이라도 벌어졌나?!

놀란 채로 굳어 있는데, 들뜬 아오이의 목소리가 들려

왔다.

"유야 오빠! 메리 크리스마스예요!"

"어? 크리스마스……. 아!"

발치에 빨간색과 초록색의 종잇조각이 떨어져 있다.

자세히 보니, 아오이가 폭죽을 들고 있고 그 안에 실 같은 것이 삐죽 나와 있다. 방금 들은 폭발음의 정체가 저거였구나.

서프라이즈를 하려고 했는데, 오히려 역으로 당할 줄이야……. 아오이도 나랑 같은 생각을 했네.

내 반응에 만족했는지, 아오이가 환하게 웃는다.

"어땠어요? 놀랐어요?"

"깜짝 놀랐지. 강도랑 경찰이 총격전을 벌이는 줄 알았어."

"후훗. 평화로운 우리 집에서는 그런 일은 안 일어나요."

"아하하. 그렇지. 영화도 아니고 총격전은 있을 리가아아아악……?!"

농담을 할 때가 아니라는 걸 지금 깨달았다.

왜냐하면, 아오이가 아슬아슬한 코스프레 의상을 입고 있었기 때문이다.

"아, 아오이! 그 옷 뭐야……!"

"보다시피, 산타예요."

"그게 아니라! 옷 사이즈 말이야!"

어느 모로 봐도 미니스커트 차림의 산타 코스프레였다.

새빨간 치마가 무릎 위까지 와서 하얀 허벅지가 그대로 드러나 있다. 가슴 부분도 훤히 파여 있어서, 눈을 어디 둬야 할지 모르겠어……!

"유야 오빠가 가장 좋아할 서프라이즈를 생각해 봤는데…… 코스프레밖에 안 떠오르더라고요."

"그, 그랬구나……."

내가 가장 좋아하는 옷이 미니스커트 산타라고 생각했나 보네……. 아오이의 마음은 정말 고맙지만, 살짝 복잡한 심정이다. 차라리 예전에 부탁한 무녀 의상을 떠올려 주지 그랬어.

"어때요? 잘 어울려요?"

그 자리에서 빙그르르 도는 아오이. 원심력으로 치마가 살짝 들린다. 속이 보일 것 같아서 조마조마해 미치겠다.

"아오이, 정말 귀엽다. 아주 잘 어울려. 근데 방어력은 좀 문제가 있어 보여."

"방어력요……? 잘은 모르겠지만, 기뻐해 줘서 다행이에요."

천진하게 웃는 아오이.

나는 기쁜 마음만큼이나 위기감도 느끼고 있는데 말이지…….

"오빠도 입을래요? 이 옷을 사니까, 루돌프 의상도 같이 들어 있었거든요."

"세트였구나……. 나는 사양할게."

"그래요? 입고 싶어지면 말해 줘요. 제가 산타니까, 루돌프 유야 오빠 위에 올라타 버릴까나."

"나만 중노동…… 뭐? 방금 뭐라고 했어?"

"오빠 위에 올라타 볼까, 라고 했는데……. 왜요? 이상한 말이에요? 제가 오빠 위에서 움직이는 그런 느낌으로……."

"그런 말은 넣어 둘래?!"

또 천연 발언……. 이런 아슬아슬한 코스프레 의상을 입고 그런 말을 하면, 그쪽 의미로밖에 안 들린다고!

"아오이. 산타는 원래 루돌프에 안 타. 썰매에 타지."

"네? ……아, 그러네요. 제가 착각을 했나 봐요……. 부끄럽네요."

아오이가 멋쩍게 웃었다.

방금 더 부끄러운 말도 했는데?

어이없어하는 나를 두고, 아오이가 손뼉을 쳤다.

"맞다! 서프라이즈가 하나 더 있어요!"

"어? 또 있어?"

"네. 지금 가져올게요."

그렇게 말하고는 부엌 쪽으로 간다.

나는 멍하니 뒷모습을 바라보다가, 냉장고 앞에 선 아오이를 보았다. 몸을 좀 굽혀서 냉장고에서 무언가를 꺼내고 있다.

그 순간, 삼각형 모양의 흰 천이 눈에 들어왔다. 아오이의 치마 속에서 나타난 그것은 부드러워 보이는 엉덩이를 감싸고――.

팬티가 다 보이잖아?!

나는 황급히 눈을 돌렸다.

몸을 굽히면 중요 부위가 보이는 옷이었어……. 여기서는 안 보이지만, 분명 가슴도 엄청난 상태일 게 틀림없다.

"유야 오빠. 이거 보세요."

아오이의 말에 시선을 돌리자, 종이 상자를 소중하게 들고 있었다.

"짜잔! 크리스마스니까, 케이크를 사 왔어요!"

"케이크……. 아오이도?!"

"저도라니……. 설마 오빠가 들고 있는 그게……."

"응. 나도 케이크 사 왔어……."

나와 아오이는 그대로 얼어붙은 채 말없이 서로를 쳐다봤다.

그러다 잠시 후, 동시에 웃음을 터트렸다.

"아하하. 생각하는 게 똑같네, 우리."

"후훗. 그러게요, 똑같네요."

"참고로, 내가 먹을 거는 자허토르테, 아오이 거는 치즈케이크를 샀는데……."

"정말요? 저도 같은 거로 샀어요……. 아하하. 너무 똑같은 거 아니에요?"

산 케이크 종류까지 똑같은 게 웃겨서, 우리는 또 웃음이 터져 버렸다.

상대방의 취향을 잘 아니까 이런 일도 있는 거겠지……. 이런 실패도 나쁘지는 않은걸. 훈훈한 웃음거리라.

"그럼, 케이크는 저녁 먹고 먹어요."

"알겠어. 아오이는 가서 옷 갈아입고 와. 이 계절에 그러고 있으면 춥잖아."

"네……. 내년까지는 볼 수 없을 텐데, 괜찮겠어요?"

"으, 응. 충분히 봤으니까 괜찮아."

내년에도 미니스커트 산타 의상을 입는 건가……. 잘 어울리기는 하는데, 천 면적이 좀 더 넓은 옷은 없나?

자기 방으로 향하는 아오이의 뒷모습을 보며 내년에는 치마 속을 보지 않게 조심하자고 마음속으로 다짐하는 나였다.

◆

우리는 저녁을 먹은 뒤, 약속대로 케이크를 먹었다.

같은 케이크가 두 종류니까 각각 하나씩 먹기로 했다.

솔직히 말해서 식후에 케이크 두 개는 양이 많다.

그래도 특별한 날에 서로를 생각하며 사 온 케이크라서 그런지 평소보다 더 맛있고, 행복했다.

지금은 소파에 앉아 잡담 중이다. 아오이가 루미의 웃픈 이야기를 해 주고 있다.

"루미 얘기가 정말 웃겼어요. 냉장고에 있던 푸딩을 몰래 혼자 먹었는데, 그게 히나 거였던 거예요. 사과의 의미로 파르페를 사 주게 됐는데, 푸딩 값보다 더 비싸더래요."

"아하하. 제대로 당했네. 그러고 보니, 우리 집은 그런 일이 없구나."

"당연하죠. 저 혼자 먹는 것보다, 오빠랑 같이 먹는 게 더 맛있으니까요."

"그, 그래……."

나왔다, 갑자기 시작되는 아오이의 애정 표현 타임. 게다가 본인은 전혀 애정 표현이라고 자각하지 못하는 패턴이다. 뭐라고 대답해야 할지 난감하단 말이지…….

"어, 그러니까……, 아, 맞다. 전에 말한 대학 합격과 졸업 축하 선물 말인데, 곧 정할 수 있을 것 같아?"

나는 화제를 확 바꿨다.

애정 표현 타임에서 벗어나고 싶은 것도 있었지만, 그보다 축하 선물로 원하는 게 뭔지 정말 궁금했다.

아오이의 요청에 따라 사전에 준비가 필요할 수 있다. 여행처럼 외박을 해야 하는 데이트라면 숙소를 예약하거나 휴가를 조정해야 한다. 그런 의미에서도 어떤 선물을 원하는지 궁금하다.

"축하 선물……. 저도 여러 가지 생각해 봤는데, 드디어 결심이 섰어요."

아오이가 허리를 쭉 펴고 자세를 바로 했다. 잡담할 때와는 달리 사뭇 진지한 표정이다.

"유야 오빠. 저……."

"응."

"결혼식을 올리고 싶어요."

"응……, 응?!"

결혼식이라니……. 고등학교 졸업하자마자?!

아오이가 거기까지 생각하고 있었다니……. 그 사실 자체는 기쁘다. 나도 언젠가는 결혼식을 하고 싶다고 생각하고 있었다.

하지만 시기가 너무 이르다. 우리 부모님과도 상의해야 하고, 료코 아줌마에게도 정식으로 인사를 드려야 하고, 직장 동료들에게도 설명해야 하고……. 해야 할 일이 너무 많아서 현실적으로 어렵지 않을까 싶다.

"아오이, 그, 결혼식이라는 게 말이야……."

"아……. 미, 미안해요. 잘못 말했어요. 엄밀히 말하면 결혼식은 아니에요."

아오이가 황급히 부정하며 갑자기 몸을 배배 꼰다.

"그러니까 제 말은……, 웨딩 사진을 찍고 싶었던 거예요."

"웨딩 사진……?"

들은 적은 있다. 웨딩드레스와 턱시도를 입고 스튜디오 같은 곳에서 기념사진을 찍는 서비스다. 요즘은 결혼식 대신 웨딩 사진만 찍는 커플도 많다고 들었다.

"저는 아직 고등학생이니까 결혼은 좀 이르다고 생각해요. 하지만 언젠가는 우리도 결혼하고, 식도 올리게 되겠죠. 그래서, 그……, 앞당긴다고 하면 좀 이상할지 모르지만, 수험 공부를 열심히 한 보상으로 웨딩드레스를 입어 보고 싶다고 생각했어요."

"그래……. 마음의 준비가 필요하다는 게 그런 의미였구나."

여느 때처럼 조르는 게 아니다. 결혼을 진지하게 의식하고 고민한 끝에 자기 의사를 말한 거다. 고등학생인 아오이가 웨딩드레스를 입고 싶다고 부탁하는 건 상당한 용기가 필요했을 것이다.

그리고 결혼식만큼은 아니더라도, 어느 정도 돈이 드는 일이기도 하다. 아오이는 원래가 사려 깊은 성격이라, 오래 고민했을 게 훤하다.

"제 꿈이에요. 순백의 웨딩드레스를 입고 유야 오빠와

결혼하는 게.”

“응. 나도 아오이가 웨딩드레스를 입은 모습은 보고 싶어. 세상에서 가장 예쁠 거야.”

“오빠……. 고마워요. 엄마랑 같은 말을 하네요.”

“료코 아줌마랑?”

되묻자, 아오이는 고개를 끄덕였다.

“제가 중학생 때 있던 일이에요. 그때 한창 신부 수업에 힘쓰고 있었거든요.”

옛일을 떠올리듯 부드러운 미소를 지으며 이야기를 이어 간다.

“어느 날, 엄마가 그러셨어요. ‘응석꾸러기 아오이도 결혼식을 올리는 날이 언젠가는 오겠구나’라고요.”

“아오이는 뭐라고 대답했어?”

“‘그때쯤이면 응석꾸러기는 졸업했을 거예요!’ 하고 화냈어요.”

“아하하. 너희 집 단골 레퍼토리네.”

놀리는 어머니와 화내는 딸. 부모 자식의 대화치고는 흔하지 않지만, 어쩌면 이런 티키타카가 사이좋은 모녀의 비결일지도 모른다.

“화낸 다음에, 제가 ‘엄마, 언젠가 신부가 된 제 모습을 봐 줄래요?’라고 물어봤어요. 그랬더니 엄마가 매우 기뻐하시더라고요……. 그러면서 ‘당연히 봐야지. 세상에서 가장 예쁜 신부 일 텐데, 지금부터 기대할게'라고 해 줬어요."

"그런 일이 있었구나……. 혹시, 축하 선물로 웨딩 사진을 찍자고 한 이유가……."

"맞아요. 엄마가 마침 귀국하신다고 하니까, 꼭 초대하고 싶어서요."

알겠다. 웨딩드레스 차림을 보여 주고 싶을 뿐만 아니라, 엄마와 한 소중한 약속을 지키려는 의미도 있다는 거구나.

엄마를 생각하는 마음이 대견해 감동하고 있는데, 아오이가 허겁지겁 말한다.

"아, 물론 오빠에게도 꼭 보여 주고 싶어요!"

"알아. 근데 그렇게 필사적으로 말하니 오히려 수상한데?"

"노, 놀리지 말아요……. 오빠랑 결혼하는 게 제 꿈인 거 알면서."

"아하하. 미안, 미안."

나는 아오이의 머리를 부드럽게 쓰다듬었다.

"아오이 마음 잘 알았어. 웨딩 사진 꼭 찍자."

그렇게 말하자, 아오이는 눈을 깜박인다.

"이, 이렇게 바로 결정해도 돼요? 예산이나 일정 같은 건……."

"돈은 걱정 안 해도 돼. 일정도 내가 조정해서 맞출게. 둘이 좋은 스튜디오 찾아보자."

"근데…… 제가 아직 열여덟인데, 이상하지 않을까요?"

눈꼬리를 내리며 불안한 듯 말한다.

열여덟 여자애가 웨딩드레스가 어울릴지를 걱정하는 걸까.

아니면 열여덟 여자애가 웨딩 사진을 찍는 것을 세간에서 이상하게 보지 않을지를 걱정하는 걸까.

진짜 의중은 알 수 없지만, 한 가지는 확실하다.

"아오이는 웨딩드레스를 입고 싶잖아. 나도, 아줌마도 그 순간을 함께하고 싶어. 그 이유면 충분하지 않을까?"

"유야 오빠……."

"아줌마와 한 약속, 지키자. 신부처럼 꾸민 모습을 보여 드리면 기뻐하실 거야. 응?"

"……네!"

활짝 웃으며 내게 찰싹 달라붙는다.

"웨딩 사진 말고도, 언젠가 멋진 결혼식도 올려요!"

"응. 물론이지."

웨딩 사진……. 그리고 결혼식이라.

수험을 치르면 아오이의 다음 목표는 임용 고시일 테지. 그다음은 분명 어릴 적부터 꿈꾼 신부가 되는 일일 것이다.

결혼은 아직 먼 미래의 얘기라고만 생각했는데……, 어쩌면 그리 멀지 않은 걸지도 모르겠어. 결혼 자금처럼 미리 준비할 수 있는 건 준비해 두자.

"결혼식도 기대된다, 그렇지?"

"네! 아, 맞다. 루미에게 친구 대표 축사를 부탁해야……."

"잠깐만!"

휴대폰을 집어 든 아오이를 황급히 말렸다.

루미한테 몇 년 전부터 준비를 시킬 셈이야? 축사 난이도만 높아지잖아.

"아오이. 그런 건 둘이 천천히 생각하자."

"그렇군요. 그러면 저희끼리 정할 수 있는 것부터 해요. 우선 식장은……."

"아니, 아직 이르다니까!"

"예식장 고르는 것도 이르군요……. 아! 제가 깜빡했네요."

"하아……. 이제 이해했어?"

"네! 먼저 오빠네 부모님께 결혼한다고 인사 드리러 가야죠!"

"하나도 이해 못 했네! 중요한 일이기는 하지만, 우선은 그냥 사귀는 사람이라고 소개할 거야!"

이런 건 양가가 좋은 관계를 쌓은 다음에 진행해야 한다고…… . 아, 나도 참, 지금 무슨 생각을 하는 거람! 인사 같은 건 아오이가 대학생이 된 다음에 해도 안 늦어!

이러다가는 결혼 전까지 일정이 정해질 판국이다. 억지로라도 화제를 돌려야겠다.

"결혼 계획도 중요하지만, 지금은 눈앞으로 다가온 입시를 열심히 해야지. 시험까지 얼마 안 남았잖아."

"그러네요. 그래도 오빠가 도와줘서 순조로워요."

"아하하. 그렇다면 기뻐."

내 덕인지는 모르겠지만, 실제로 아오이의 성적이 오르고 있다.

여름 방학 전에 친 모의고사에서는 성적이 잘 안 나와서 의기소침했던 적도 있다.

하지만 지금은 합격권 성적을 유지하고 있다. 시험 당일까지 이 흐름을 이어 가고 싶다.

"내가 해 줄 수 있는 건…… 원서 제출 준비겠다."

"네. 공통 시험 신청은 끝났지만, 대학 쪽은 아직이라…… 부탁할게요."

"맡겨 둬. 직업상 일정 관리는 자신 있으니까."

가슴을 탁 두드려 보이자, 역시 시스템 엔지니어는 다르다며 웃는다.

일본 학예 대학은 공통 시험 결과를 바탕으로 원서를 내게끔 일정이 짜여 있다. 그래서 원서 접수까지는 아직 조금 남았다.

사립 대학교도 마찬가지다. 공통 시험이 들어가는 전형 역시, 결과가 나온 뒤에 원서 접수를 한다. 즉, 공통 시험 이후에는 신속하게 각 대학에 원서를 내야 한다.

또한 각 대학의 입학 수속 마감 날짜도 파악해 두어야

한다.

생각하기 싫지만, 만약 아오이가 일본 학예 대학에 떨어지면 사립대 입학 수속을 밟아야 한다. 그때 입학 수속 마감에 맞추지 못하는 불상사는 피하고 싶다.

“할 일이 많아……. 아, 물론 아오이는 공부에 집중해. 알겠지?”

“고마워요. 수험이 끝나면, 곧 졸업식이네요…….”

쓸쓸하다는 듯 말하는 아오이.

졸업식에는 나도, 료코 아줌마도 참석한다.

그 소식에 기뻐했는데, 동시에 친구들과는 이별하는 날이기도 하니 감상에 젖는 것도 무리는 아니다.

“아오이, 역시 졸업하는 게 아쉬워?”

“아무래도요. 다들 쉽게 만날 수 없게 되니까요……. 이제 교복을 입을 일도 없을 테고, 조금은 슬퍼요.”

“그렇구나…….”

“아, 하지만 교복은 입을 수 있겠네요. 오빠에게 고등학생 코스프레를 보여 주겠다는 명목으로.”

“아오이?!”

나는 고등학생 페티시가 아니다. 좋아하게 된 사람이 고등학생일 뿐.

그 증거로, 아오이의 교복 차림에 두근거린 적은 결코…… 있다. 셀 수 없이 많다. 교복 위에 앞치마를 한 모습은 언제 봐도 귀여운 데다 하복은 하얀 셔츠가 산뜻해서 좋고……. 잠깐. 혹시 나, 고등학생이 취향인가?!

"유, 유야 오빠? 왜 그렇게 풀이 죽었어요?"

"아니야, 아오이. 나는 교복이 아니라, 교복을 입은 아오이가 좋을 뿐이야……."

"잘은 모르겠지만…… 기운 내요. 졸업해도 교복 입고 데이트해 줄게요. 아, 오빠도 같이 교복 입고 데이트할래요?"

"내 나이에 교복 입는다고 고등학생처럼 보이기는 힘들지……. 교복 데이트 해 보고 싶어?"

"으음……. 조금은 동경했어요. 하지만 축제 데이트를 더 동경했으니까 만족했어요……. 후후. 유야 오빠는 제 마음을 알아주는 멋진 남자 친구예요."

아오이가 웃으며 그렇게 말하고는 내 팔에 매달린다.

그런 기쁜 말 하지 말아 줘. 나도 꼭 끌어안고 싶어지니까.

"축제 데이트 말고도, 동경하는 게 많아요."

"그래? 예를 들면?"

"뭐냐면요……."

아오이가 얼굴을 붉히며, 나를 올려다본다.

"연인끼리 당연히 하는…… 거요."

"어?"

연인끼리 당연히 하는 거.

문득 학교 옥상에서 있었던 일이 떠올랐다.

설마…… 키스해 달라는 건가?!

"저기……. 있잖아, 아오이――."

"조, 좀 그렇겠죠! 지금은 연애보다 수험이 우선이니까요! 열심히 공부해야죠!"

아오이가 내게서 떨어져서 일어나더니, 노골적으로 화제를 돌린다.

"열심히 하자! 아자아자, 파이팅!"

그러면서 일부러 액션을 크게 하며 주먹을 치켜든다. 부끄러워하는 걸 들키지 않으려는 게 서투르기 짝이 없어서 귀엽다……!

"있지, 아오이. 방금 말한 거……."

"마, 말하지 마요!"

"읍?!"

아오이의 검지가 내 입술에 닿았다.

입을 앙다물렸다.

얼굴이 새빨갛게 달아오른 아오이가 눈앞에 있다.

"방금 말한 거 안 잊어 주면…… 맴매예요?"

"네, 네……."

반사적으로 고개를 끄덕이고 말았다. 꾸짖는 모습도 너무 귀여우니 어쩔 수 없다.

내가 답하자, 아오이가 입술에서 손가락을 떼고 시선을 돌렸다.

"저, 저는…… 씻고 올게요!"

씻고 오겠다는 말만 남기고, 아오이는 욕실로 달려갔다.

혼자 거실에 남겨진 나는 소파에 몸을 기대고, 두 손으로 얼굴을 감쌌다.

"뭐야, 귀여워……. 좋아서 미쳐 버리겠어……!"

귀까지 새빨갰지. 부끄러우면 말을 안 하면 될 것을. 거기다 입술을 검지로 막고 한 '맴매'의 파괴력이 극강이라고.

"그나저나…… 당연한 연애라."

에둘러 말했지만, 키스를 하고 싶다는 의미였을 거다. 학교 옥상에서도 키스하고 싶어 했으니까. 틀림없다.

아니……. 어쩌면, 키스뿐만이 아닐 수도 있다.

아오이가 이루고 싶은 꿈이 키스라고만 생각했지만, 방금 한 말로 미루어 보아 '당연한 연애'가 꿈인 것이다. 그 '당연한 연애' 속에 키스가 포함돼 있다고 보는 게 타당하겠지.

……내가 생각한 것 이상으로, 아오이는 나와의 관계를 진전시키고 싶어 하는구나.

아오이가 고민한다면, 느긋하게 굴 때가 아니다. 이 일은 더 진지하게 생각해야 한다.

옥상에서 뇌리를 스쳤던 의문.

아오이가 고등학교를 졸업하면, 키스를 당연하게 해도

되는 걸까……. 되도록, 수험이 끝날 무렵에는 내 나름의 답을 내고 싶다.

당연하지 않은 연애부터 시작한, 우리의 연애.

"……당연한 게 이렇게 어려운 줄은 몰랐네."

아오이가 씻는 동안, 나는 당연한 연애에 관해 곰곰이 생각했다.

◆◇◆

나는 시라토리 아오이. 지금 아주 기분이 좋다.

유야 오빠가 웨딩 사진을 찍자고 해 줬다.

"흥흥흐응~♪"

욕실에 내 콧노래가 잘 울려 퍼진다.

바디 워시로 몸을 부드럽게 씻으며, 웨딩 사진에 관해 생각한다.

동경해 온 순백의 웨딩드레스. 치맛자락이 풍성하게 퍼진 귀여운 드레스가 좋겠어. 그리고 신부니까 부케가 빠질 수 없지.

그리고 영원한 사랑을 맹세하고 유야 오빠가 베일을 살짝 걷어 올려서 내 입술에 키스를……. 꺄아악! 그렇게 구

체적으로 상상하다니, 맴매! 바보, 바보!

어쩌지. 너무 즐거워서 상상이 멈추질 않아. 결혼이란 건 사람을 미치게 하는구나. 새로운 발견이야……!

유야 오빠와 결혼하는 건 내 꿈.

그러니 들떠도 괜찮다. 정확하게 하면 결혼식은 아니고, 혼인 신고도 아직이지만, 웨딩드레스를 입을 수 있으니까.

그리고 엄마와 한 약속도 지킬 수 있게 됐다. 기쁘지 않을 리가 없다.

"엄마가 기뻐해 주실까……."

그래도 약속했으니까. 신부로 예쁘게 치장한 모습을, 꼭 보여 줘야지.

그래, 다이어트를 하자. 그러면, 더 아름다운 신부가 될 수 있을 거야. 엄마도 칭찬해 줄 테고, 유야 오빠도 나한테 홀딱 반해서 정신 못 차릴지도……. 잠깐만. 그렇게 되면, 오빠에게 지금보다 더 사랑받는 거네? 큰일 났다. 행복을 과다 섭취해서 오히려 살이 찔지도 몰라……!

……후후. 왜일까.

머릿속이 즐거운 일들로 가득하다.

수험을 치면, 웨딩 사진이 기다린다. 그뿐만이 아니다. 엄마와 함께 보내는 시간도 늘어난다. 루미와 놀러 다닐 수도 있고……. 굉장해. 최고의 봄방학이야.

즐거운 일은, 아직 더 있다.

무엇보다, 유야 오빠와 데이트할 수 있다.

수험 시즌이라 올해는 데이트를 별로 못 했다. 횟수 자체가 적다. 만회하려면, 봄방학 때 잔뜩 데이트해야 한다. 좋아. 씻고 나가서, 오빠와 의논해야지!

데이트, 어디를 갈까.

어른스럽게 미술관? 아니면 클래식 콘서트?

……으음, 조금 과한가. 어른스러운 데이트도 좋지만, 가장 하고 싶은 걸 생각해 보자.

"내가 가장 하고 싶은 것. 유야 오빠에게 부탁하고 싶은 건……."

그건 정해져 있다.

오빠와 당연한 연애를 하고 싶다.

평범한 커플이 하는 것……. 이를테면 키스 같은 걸 해 보고 싶다.

그게 내가 가장 하고 싶은 거다

아마 오빠가 먼저 키스하지는 않을 거다. 엄마가 소중한 외동딸을 오빠에게 부탁했고 나를 맡은 이상, 오빠는 문란한 동거 생활은 있을 수 없다고 생각할 테니까.

그건 장래에 결혼을 의식한 결정이었고, 오빠의 사랑이 전해졌다.

그 사랑을 받아들이고 싶다.

그래서 당연한 연애를 하고 싶다고 할 수 없었다. 지금까지는.

축제 날, 오빠는 옥상에서 이렇게 말했다.

「정말 어려울지 어떨지, 같이 고민하고 싶어. 봐, 축제 데이트도 의외로 쉽게 이뤄졌잖아? 우리 둘이 상의하면, 더 많은 꿈을 이룰 수 있을 거야.」

오빠가 같이 고민하고 싶다고 해 줬다.

어쩌면 내 소망이 '당연한 연애를 하고 싶다'라는 거라고 해도 같이 고민해 줄지도 모른다……. 그렇게 생각했다.

수험이 끝나면, 상의해 볼까……. 지금까지 할 수 없었던, 당연한 연애를 하고 싶다고.

……살짝 연습해 봐야지.

나는 욕실 거울에 말을 걸었다.

"유야 오빠……. 저, 당연한 연애를 하고 싶어요!"

……음. 뭔가 돌려 말하는 것 같아.

'당연한 연애'라는 말이 추상적인지도. 좀 더 직설적으로 말하는 게 나을지도 몰라.

좋아, 다르게 말해 보자.

"오빠……, 키스해요."

흐갸아아아악!

남자를 유혹하는 이런 말은 못 해! 너무 부끄러워!

게다가 거울 속 내 입술이, 마치 키스를 기다리는 모양이었다. 이거는 그냥 나 자신과 키스 연습하는 이상한 사람이잖아아아아아아아……!

"으으으……. 너무 좋아해서 힘들어……."

어떻게 이런 감정이 드는 걸까. 연애란 건 굉장하다. 좋아하는 사람을 생각만 해도 가슴이 터질 것 같다.

"……언젠가는 유야 오빠랑 키스할 수 있을까?"

뺨에 하는 귀여운 키스가 아니라, 더 두근두근 설레는 진짜 키스. 어쩌면 그 이상을 할지도 모른다.

……할지도 모르는 게 아니라, 당연한 연애를 하면, 분명 할 거다.

상대가 유야 오빠라면…… 나는, 무얼 당해도 괜찮다. 처음이라 긴장되고, 맨살을 보이기는 쑥스럽지만, 다정하게 어루만져 주리라 믿는다. 그리고, 그 늠름한 몸으로 끌어안아 내 몸과 마음을 채워 줄 것이다…….

"무, 무슨 생각을 하는 거람!"

머릿속에 떠오른 사념(邪念)을 떨치듯, 나는 샤워기를 틀어 머리부터 세찬 물을 뒤집어썼……. 아, 차가워!

덜덜 떨면서 세숫대야를 집어 들고 욕조의 따뜻한 물을 퍼서 몸에 끼얹었다.

하, 하마터면 알몸으로 얼어 죽을 뻔했어……!

내가 대체 무슨 문란한 망상을 한 거지.

이게 다 유야 오빠 때문이다.

유야 오빠가 잘생기고, 다정하고, 응석을 받아 주고, 소중하게 대해 줘서 그렇다. 홀딱 빠지게 한 만든 오빠가 나쁘다. 그래, 그런 거로 하자.

"……아무튼, '당연한 연애'는 일단 보류."

대학 입시를 앞둔 중요한 시기다. 장래에 큰 영향을 미치는, 단 한 번의 시험. 지금은 시험에 집중해서, 혼신을 다해야 한다.

설령 오빠에게 상의한다고 해도, 그건 시험을 치고 나서 해야 한다.

……그래, 고민하고 있을 때가 아니다.

"좋아! 꼭 합격하겠어!"

나를 위해.

그리고 나를 응원해 주는 유야 오빠를 위해——.

"아오이? 뭔가 좀 소란스러운데 괜찮은 거야?"

욕실 문 너머에서 유야 오빠의 목소리가 들려왔다.

나, 조금 전에 이상한 말 소리치지는 않았지……? 오빠와 하는 '처음'의 망상을, 입 밖으로 내뱉지 않았지……?

……갑자기 불안한데?!

"괘, 괜찮아요! 마, 망상 같은 건 안 했답니다?!"

"망상……. 아하하. 또 소꿉놀이 해? 너무 오래 있다가 현기증 오지 않게 조심해."

"소, 소꿉놀이요?!"

소꿉놀이한 거로 오해하는구나……. 야, 야한 망상을 한 걸 들키는 것보단 낫지만, 이건 이거대로 창피해……!

"아, 아이참! 유야 오빠 변태! 문에서 얼른 떨어져요!"

"왜 그렇게 돼?!"

'걱정돼서 그런 건데……. 아, 그래도 굳이 들어온 건 무신경했을 수도 있겠다'라며 문 너머로 반성하는 유야 오빠의 말소리가 들린다.

죄책감이 조금 든다.

오빠, 오빠의 다정함을 매몰차게 내쳐서 미안해요…….

"오빠. 그, 저도 심했어요. 걱정해 줘서 고마워요."

"아니, 나야말로……. 응? 뭐가 떨어져 있네."

"떨어져 있다고요? 뭐가요?"

"확인해 볼게……. 헉?! 패, 팬티!"

"네?"

유야 오빠는 아직 씻지 않았다.

문 너머에 팬티가 떨어져 있다면, 그건 내가 벗어 둔 팬티잖아아아아아아아……!

"방금 한 말 취소! 오빠는 역시 변태예요!!"

"정말 미안! 바로 나갈게!"

타다다다다닥!

유야 오빠의 허둥대는 발소리가 멀어진다.

"아아, 정말……. 창피해 죽겠어……!"

나는 달아오른 몸을 꼭 끌어안고 욕조에 몸을 담갔다.

진정을 되찾고,

"……차분히 생각해 보니, 팬티를 아무렇게나 벗은 내 잘못 아니야?"

그렇게 반성하는 나였다.

제3장 운명의 합격 발표

크리스마스가 지나가고, 나도 아오이도 겨울 방학에 돌입했다.

연말은 느긋하게 보내고 싶었지만……, 올해는 집에 수험생이 있다. 아오이는 섣달그믐날에도 입시 학원에서 주최하는 총 복습 시험을 보러 갔다.

한편, 나는 내 할 일이 있다. 연말의 연례행사, 대청소다.

작년에는 아오이와 둘이 해서 금방 끝났는데 올해는 나 혼자다. 게다가 해넘이 국수 준비도 하고 입시 학원으로 아오이를 마중 가기도 해야 한다. 상당히 빠듯한 연말을 보내게 되었다.

해가 바뀌어도 아오이는 여전히 바쁘다. 1월부터 입시 학원에 다니고, 새 학기가 된 지금도 공부에 매진하고 있다.

그런 아오이를 위해 내가 할 수 있는 건 한정돼 있었다. 집에서 자습할 때 코코아를 가져다주거나, 쉬는 중에는 기분 전환 겸 말벗이 되어 주거나 하는 것. 고작 그 정도밖에 도와줄 수 없어 조금 안타까웠다.

바쁜 나날은 눈 깜짝할 새 지나가, 1월 중순이 되었다.

대학 입학 공통 시험까지 이제 며칠밖에 안 남았다.

◆

그날 밤에는 눈이 흩날렸다.

거실 창문을 열고 밖을 본다. 내뱉은 숨이 하얗게 변해 겨울밤 속으로 녹아들 듯 사라졌다. 차가운 공기가 실내로 들어와 나도 모르게 몸을 떨었다.

눈송이가 살랑살랑 흩날려 떨어진다. 가로등을 스포트라이트 삼아 고요히 내려앉는다. 아스팔트로 녹아 사라지는 마지막 순간은 어쩐지 덧없어 보였다.

일기 예보에 따르면 눈은 곧 그쳐 내일은 맑을 거란다. 대입 공통 시험 날은 눈이 올 때가 많은데 올해는 오지 않으려나 보다.

오늘은 1월 17일. 공통 시험 전날이다.

창문을 닫고 돌아섰다.

아오이는 소파에 앉아 바깥 풍경을 바라보고 있었다.

"유야 오빠. 눈이 더 오지는 않을까요?"

"응. 눈발이 이미 약해졌고 쌓일 것 같지도 않아. 내일도 맑을 것 같다니까 걱정하지 마."

"그렇군요. 다행이에요."

"근데 오늘 밤에 내린 눈 때문에 길이 얼 가능성도 있어. 내일은 넘어지지 않게 조심해."

"네……."

"……아오이?"

대답은 하지만 기운이 없다. 나를 보지도 않고 불안한 듯 창밖을 응시한다. 이렇게 대화를 나누고 있는데도 마음이 딴 데에 가 있는 느낌이다. 아침에는 웃고 있었는데, 지금은 밤처럼 표정이 어둡다.

걱정이 된 나는 아오이 옆에 앉았다.

그제야 알아차렸다.

아오이의 손이, 희미하게 떨리고 있는 것을.

그 떨림이 춥기 때문이 아님은 말하지 않아도 알 수 있었다. 내일 있을 공통 시험이 불안한 것이리라.

공통 시험은 내일부터 이틀간 치른다.

길었던 수험 공부의 성과가 단 이틀 만에 판가름 나는 것이다. 긴장하는 것도 무리는 아니다.

아오이의 입시 전형은 국공립, 사립을 가리지 않고 무조건 공통 시험 성적이 필요하다. 그런 의미에서도 압박을 느끼고 있으리라고 본다.

아오이가 약해져 있다면, 불안을 날려 주는 건 곁에 있는 내 역할이다.

둘이 함께 수험을 이겨 내자고 약속했다. 여기서 내가 아무것도 못 하면, 아오이 곁에 있는 의미가 없다.

나는 아오이의 얼어붙은 마음을 녹여 줄 말을 필사적으로 찾았다.

"……긴 여정이었다. 그렇지?"

대답은 없었다.

그래도 나는 이어 갔다.

이 아이의 버팀목이 되어 주는 건 나밖에 못 하는 일이니까.

"친구들과 놀 시간도, 데이트 횟수도 줄였지. 대신에 학원을 다니고, 집에서도 공부하는 시간이 늘었어……. 나는 줄곧 곁에서 지켜봤어. 아오이가 하고 싶은 걸 참고, 누구보다도 노력하는 모습을."

"유야 오빠……."

드디어 아오이가 나를 봐 주었다.

금방이라도 울 것 같은 표정. 마치 '용기를 주세요'라고 말하는 듯하다.

"지금까지 건성으로 노력한 사람은 긴장 따위 하지 않아. 간절하게 쌓아 올린 노력이 보상받지 못할까 봐 두려워서 긴장하는 거야. 그러니까 지금 느끼는 긴장감은 아오이의 경험이고, 자신감이야."

"경험과 자신감……."

"매일 빠짐없이 해 온 수험 공부. 기쁨과 걱정을 오갔던 모의고사 성적. 학원 친구들과 치열하게 노력한 나날. 지금까지 필사적으로 쌓아 올린 것들이, 반드시 아오이의 편이 되어 줄 거야."

"……그렇지만, 지금까지 푼 기출문제나 모의고사와는 달라요. 공통 시험은 한판 승부예요. 이제, 틀리면 안 돼요……."

"안 틀려."

단언하자, 아오이의 눈이 놀라 커졌다.

공부를 열심히 해야 한다든가.

곧 시험이니, 지금이 고비라든가. 마지막으로 박차를 가하라든가.

지금까지 그런 질책이나 격려의 말은 가능한 한 삼갔다. 내가 노골적으로 기대를 드러내면, 아오이가 압박을 느낄 테니까. 그만큼 수험생은 예민하다.

그러나 오늘 밤이면 그것도 끝이다.

여기서 아오이의 등을 밀어 주지 않는다면, 언제 밀겠는가.

아오이는 수험에 도전할 용기를 얻고 싶어 한다. 약해진 등을 밀어 줄, 나의 굳건한 믿음이 필요한 것이다.

아오이에게 힘내라고 전할 타이밍은 지금밖에 없다.

"내일 아오이는 반드시 힘을 다 발휘할 수 있을 거야. 나는 믿어.”

“유야 오빠…….”

“그래도 네 노력에 믿음이 가지 않는다면, 아오이를 믿는 나를 믿어 줘. 아오이가 생각하는 것보다 훨씬, 나는 아오이를 믿으니까……. 어때? 할 수 있을 것 같은 기분이 들지 않아?”

“……후후. 뭐예요, 그게. 전혀 모르겠는걸요.”

드디어 아오이가 웃어 주었다. 이제 손의 떨림도 완전히 멎었다.

아오이의 온화한 표정을 보고 확신했다. 시험 전날의 긴장을 극복했다는 것을.

“알았어요. 아직 조금은 긴장되지만……, 제 노력, 그리고 유야 오빠의 마음을 믿어 볼게요.”

“응. 힘내. 좋아해, 아오이.”

“아, 아이참. 갑자기 이상한 말 하지 마요……. 바보.”

그렇게 말하면서도, 아오이는 내 어깨에 머리를 기대며 응석을 부린다.

응석 모드로 전환됐다는 건, 평소 상태로 돌아왔다는 의미다.

그래, 역시 아오이는 이래야지.

“유야 오빠……. 꼭 안아 주면 좋겠어요. 안 돼?”

“정말로 기운이 났구나?!”

다시 회복해서 응석을 부리기까지 1분도 안 걸린 것 같다.

……흠, 어쩐담.

마음속으로는 어서 잤으면 하는데, 아오이는 방금 막 멘탈을 회복했다. 여기서 내가 어서 자라고 했다가 슬퍼하는 건 피하고 싶다.

누가 좀 알려 줘, 응석꾸러기 수험생 케어 방법을. 아직도 정답을 모르겠어……!

고민하는 사이, 아오이가 내 팔을 끌어안아 왔다.

어쭈, 선제공격을 하다니 제법인데……. 응?

"새근, 새근……."

옆에서 고른 숨소리가 들려왔다.

……설마, 잠든 건가?

아오이의 얼굴을 들여다봤다. 잠든 얼굴이 평온해서 꼭 아이 같다.

긴장감에서 해방돼서 그러나……. 그렇다면 꽤 마음을 졸였던 게 틀림없다. 시험 전에 긴장을 풀어 줄 수 있어서 정말 다행이다.

"자는 얼굴 귀엽다……. 이런, 감탄할 때가 아니지."

여기서 잤다가 감기라도 걸리면 곤란하다. 아오이 방 침대에 눕혀 주자.

나는 아오이를 공주님처럼 안아 들고 일어섰다.

아오이의 방으로 들어가 침대에 눕힌다. 깨지 않았는지,

눈이 감겨 있다.

베개 옆을 보니 곰 인형이 놓여 있었다.

"하하. 잘 때도 같이 자는구나."

나는 아오이의 머리를 살포시 어루만졌다.

"이제 얼마 안 남았어. 힘내, 아오이."

잘 자.

그렇게 말하고 방 불을 끄고 나왔다.

◆

다음 날 아침, 나는 아오이를 배웅하기 위해 현관까지 나왔다.

아오이는 교복에 코트를 입고, 신발을 신고, 책가방을 들었다. 평소와 다르지 않은 차림이다.

하지만 오늘은 평소와 같은 날이 아니다.

울든 웃든 한판 승부……. 공통 시험 첫날이다. 아오이는 물론이고 나도 저절로 기합이 들어간다.

"아오이. 수험표 챙겼지? 그리고 휴대폰하고 지갑, 필기도구, 그리고…… 아, 도시락은?"

"다 챙겼어요……. 후후."

"응? 왜 웃어?"

"아뇨. 평소와 반대다 싶어서요."

듣고 보니 그렇다. 평소에는 내가 아오이한테 잔소리를 듣는 편인데, 오늘 아침은 역할이 뒤바뀌었다.

"후후후. 아오이도 잔소리 듣는 내 기분을 알겠지?"

"네. 걱정이란 건 기쁜 거네요."

"아, 기쁘구나……."

조금은 잔소리가 줄지 않을까 기대했는데, 아오이한테는 역효과였던 모양이다.

"그럼 다녀오겠습니다."

현관문 손잡이에 손을 올리는 아오이.

"조심해서 가, 아오이. 그리고…… 시험 힘내. 침착하게 보고 와."

어제 많은 대화를 나눴다. 이제 와서 내 조언은 필요 없을지도 모른다.

하지만 지금까지 계속 곁을 지켜 온 입장으로서는, 뭐라도 말하지 않고는 견딜 수가 없었다. 응원하는 몇 마디 정도는 괜찮겠지.

내 마음에 답하듯, 아오이가 고개를 힘차게 끄덕였다.

"걱정 말아요. 오빠 덕분에 이제 긴장 안 되니까요."

어젯밤만 해도 쳐져 있던 아오이는 온데간데없다. 지금은 아주 상쾌한 얼굴이다. 멘탈을 다잡은 듯해 마음이 놓였다.

“다녀오겠습니다.”

“다녀와.”

인사를 나누고, 아오이가 집을 나섰다.

철컥, 문이 닫힌다.

그 순간 긴장이 풀렸는지, 절로 한숨이 새어 나왔다.

“하아……. 무사히 배웅하기는 했는데, 좀 안절부절못하겠네…….”

겉으로는 평소처럼 대했지만, 사실 나도 약간 긴장했다. 조언을 그렇게 늘어놓고도 이 모양이라 한심한 얘기지만, 긴장을 전혀 하지 않는 건 무리였다.

“자, 나도 준비해야지.”

오늘은 토요일이지만 회사로 출근해야 한다. 고객의 요구에 휘둘리다가 결국 일정이 지연되는 바람에 주말에 일하게 되었다.

이런 중대한 날에 회사 같은 거 가기 싫다……. 이게 솔직한 심정이지만, 아오이도 애쓰는데 내가 ‘일하기 싫어!’라고 하면 비웃음을 살 것이다.

아직 마음이 진정되지는 않지만, 일하다 보면 좀 나아지겠지.

“괜찮을 거야. 믿어, 아오이.”

나는 마지막으로 응원의 말을 보내고 업무 모드로 전환

했다.

◆

아오이가 마음 쓰이지만, 회사에서는 업무에 집중하자.

그렇게 마음속으로 다짐하고 사무실로 들어갔다.

주말 근무 중인 사람은 내가 속한 프로젝트팀과 몇 명 더 있다. 다 합쳐 봤자 열 명도 안 된다. 그래도 많은 편이지만, 평일과 비교하면 사무실이 조용했다.

오전에는 프로그래밍을 진행하기로 되어 있다.

오늘 안에 늦은 진도를 빼지 못하면 내일도 나와야 한다. 주말 내리 출근만은 피하고 싶다.

책상 앞에서 키보드를 두드리고 있는데, 이이즈카 씨가 내 자리를 지나갔다.

“아, 이이즈카 씨. 아까 메일로 보낸 자료 말인데요…….”

“응? 오늘 유야한테는 메일 안 왔는데?”

“네? 그럴 리가요…….”

급히 마우스를 움직여 메일 화면을 연다. 이이즈카 씨도 옆에 서서 컴퓨터 화면을 들여다본다.

“아! 죄송해요. 임시 저장 상태였어요…….”

"그뿐만 아니라 자료도 첨부 안 했는데?"

"정말이네……. 아하하. 엉망이네요. 죄송합니다."

"게다가 오타도 있네. 봐, 여기. '중대한 안건'이라고 써야 하는데 '고등학생 수험'이라고 돼 있어."

"수험요?! 그런 말도 안 되는 실수를…… 했군요."

메일 하나 보내는 거로 이런 실수를 하다니.

게다가 '고등학생 수험'이라니, 아주 치명적인 오타다.

심란한 마음이 어느 정도 가라앉았다고 생각했는데, 역시 일에 집중이 안 된다……. 마음 한구석에서 자꾸 아오이를 생각하고 있다.

"유야가 이렇게 실수를 많이 하다니 웬일이야. 어디, 재미있는 오타를 더 찾아볼까……."

"악! 차, 찾지 마세요! 나중에 고쳐서 다시 보낼게요!"

"아하하. 오케이. 이제 실수하면 안 된다?"

이이즈카 씨가 웃으며 자리로 갔다.

위험했다……. 지금 내 상태로는 '아마도'를 '아오이'로, '대기업'을 '대학'으로 칠지도 모른다.

"진정해. 진정해라, 유야……."

나는 책상에 엎드려 머리를 싸맸다. 진정하라고 되뇌며 자기 암시를 건다. 거의 염불 수준으로.

"……어이. 괜찮아? 경찰 부를까?"

말을 건 건 옆자리 치즈루 씨였다.

부하가 걱정되는 거라면, 구급차를 불러 주시죠?

“유야. 오늘은 이상하게 안절부절못하네. 무슨 일 있어?”

“아, 아무 일도 없어요……. 아, 참. 3월에 유급 휴가를 내고 싶은데 괜찮을까요?”

“그래, 상관은 없는데……. 응? 혹시 그거 때문인가?”

치즈루 씨가 히죽히죽 웃으며 새끼손가락을 척 세운다. 요즘 세상에 사귀는 사람을 새끼손가락으로 표현하는 사람은 치즈루 씨밖에 없을 거다.

“네. 아오이 수험 때문에 휴가를 쓰고 싶어서요. 합격 발표 날은 아오이 곁에 있어 주고 싶거든요.”

“하긴. 아오이 양도 불안할 테니, 곁에 있어 주는 게 좋지. 입학 수속도 기한이 빡빡하다면서?”

“네. 만약 떨어지면 그날 중으로 사립대 입학 수속을 마쳐야 해요.”

치즈루 씨 말대로 입학금 납부에는 기한이 있다. 아오이의 경우, 지원하는 사립대의 납부 기한이 일본 학예 대학 합격 발표일과 겹쳤다.

붙으면 사립대에 입금할 필요가 없다.

하지만 떨어지면 얘기가 다르다. 수속을 마치지 않으면 입학 자격을 상실한다. 물론 그 사립대 합격 여부도 공통 시험 결과에 달렸지만.

“힘들겠네……. 알았어. 휴가 신청서를 준비해 둘게. 작성하면 나한테 제출해."

"감사합니다, 치즈루 씨. 안심이네요."

"마음 쓰지 마. 유급 휴가는 당연한 권리잖아."

치즈루 씨가 말을 이었다.

"어쨌든 네가 안절부절못한 이유는 알겠어. 오늘이 대학 입학 공통 시험 날이었구나. 아오이 양이 걱정돼서 마음이 복잡했던 거지?"

"아하하……. 힘들거든요, 여러모로."

"여러모로……?"

"그런 게 있어요. 고등학생을 좋아하게 되면요."

무심코 내뱉은 말이었다.

하지만 치즈루 씨는 방금 대화 속에서 뭔가를 감지한 듯했다. 험악한 얼굴로 나를 뚫어지게 본다.

"저기……. 치즈루 씨? 왜 그렇게 보세요?"

"아니, 좀 이상해서 말이야. 입시 얘기 중이었는데, 갑자기 연애 얘기를 꺼낸다라……. 상당히 부자연스러운 반응 아닌가?"

흠칫.

단 한마디의 위화감도 놓치지 않는다니……. 이 사람의 통찰력은 어떻게 된 거지?

"추측에 불과하지만……, 유야, 입시 말고도 걱정거리가 있는 거 아니야?"

"그, 그건……."

"거기다 그 고민은 아오이 양과 관련이 있어. '고등학생을 좋아하게 되면'이라는 발언으로 미루어 보건대, 범주는 연애다. 아오이 양이 고등학생이라는 사실이 원인이라면……, 사회인과 고등학생의 간극이 문제겠지. 맞지?"

"으윽. 접근법이 좋으신데요……!"

내가 당연한 연애 문제로 고민하고 있다는 걸 간파할 줄이야……. 이 사람, 자기 연애는 젬병이면서 남 일에는 예리하네.

놀라자, 치즈루 씨가 피식 웃는다.

"나라도 괜찮으면 얘기 정도는 들어줄게. 어때? 잠깐 쉴 겸 옥상으로 갈까?"

"네? 하지만, 일을 못 끝내면 내일도 출근해야 하는데요?"

"네 실력이면 오늘 중으로 끝낼 수 있어. 오히려 지금처럼 좌불안석 상태로는 끝낼 일도 못 끝낼걸?"

"윽. 그것도 맞는 말이네요……."

"남한테 털어놓는 것만으로도 마음이 한결 편해지기도 해. 고민이라는 건 원래 그런 거야. 일이든 사생활이든 나한테 기대도 좋아."

"치즈루 씨……."

내심, 반가운 제안이었다.

아오이의 '나와 당연한 연애를 하고 싶다'라는 마음.

솔직한 심정으로, 어디까지 받아들여도 될지 아직도 고민 중이었다.

……치즈루 씨라면 갈피를 못 잡는 내 마음을 딱 정해 줄지도 모른다.

"치즈루 씨. 부탁드려도 될까요?"

"그래. 그러면, 바로 올라가자. 나는 먼저 가 있을 테니, 준비가 끝나면 따라와."

"네. 늘 감사합니다."

"천만에. 유야한테는 맞선 일로 신세도 졌잖아. 이 정도는 아무것도 아니지."

그렇게 말하며 치즈루 씨가 사무실을 나갔다.

부하가 고민하는 걸 먼저 알아차리고, 바로 상담해 주다니……. 역시 치즈루 씨는 대단해.

"하하. 저 사람은 도저히 못 당하겠어."

혼잣말하며, 서둘러 이이즈카 씨에게 보낼 메일을 수정했다.

메일을 보내고 곧장 자리에서 일어나 옥상으로 향했다.

옥상 문을 열었다.

푸른 하늘 아래, 치즈루 씨가 난간에 기대 서 있었다. 손에는 캔 커피 두 개를 들고.

나는 치즈루 씨 옆으로 뛰었다.

"죄송합니다. 기다리셨죠."

"괜찮아. 뭐, 커피라도 마시면서 얘기하자고."

캔 커피를 던져 주는 치즈루 씨. 나는 허둥지둥 받았다.

"잡았다……. 잘 마실게요."

인사를 하고 띠개를 따서 한 모금 마셨다. 커피 특유의 쌉싸름한 맛이 입속에 은근하게 퍼졌다.

뜨거운 액체가 목을 타고 위장으로 흘러 들어간다. 바람을 맞아 식은 몸에 쫙 스민다.

"그래서? 구체적으로 뭘 고민하는 건데?"

치즈루 씨가 따개를 따며 묻는다. 대화의 시작을 알리듯, 딸깍하는 경쾌한 소리가 울린다.

"네. 실은 말이죠……."

아오이가 나와 연인다운 당연한 연애를 하고 싶어 한다는 것.

그리고 아오이가 나와 키스하고 싶어 한다는 것.

그런 아오이의 마음을 내가 받아들여도 되는 게 맞는지 아닌지.

나는 고민을 하나하나 설명했다.

모두 털어놓자, 치즈루 씨가 캔 커피를 꿀꺽 들이켰다.

"흠. 대강 알겠어."

"치즈루 씨. 제가…… 아오이의 '당연한 연애를 하고 싶다'라는 마음을 받아들여도 괜찮을까요?"

분명 치즈루 씨는 내 등을 밀어 줄 거다. 내가 고민하며 멈춰 섰을 때마다 늘 그렇게 해 줬으니까.

"후우."

치즈루 씨가 한숨을 내쉬었다. 하얀 입김이 찬바람에 흘러서, 겨울 하늘로 사라진다.

"유야. 너의 안 좋은 점이 다 나왔어."

"……네?"

"뭐든 혼자 떠안고 해결하려 하고 말이야……. 마치, 피곤에 찌들었던 시절의 너를 보는 듯해."

등을 밀어 주기는커녕, 꽤 신랄한 대답이 돌아왔다.

나의 안 좋은 점……. 무슨 뜻일까.

곰곰이 생각해 봐도, 전혀 감이 안 온다.

"치즈루 씨. 제가 뭔가 잘못한 게 있나요?"

"말했잖아. 고민을 혼자 떠안고 있는 게 문제라고."

"그래서 지금 이렇게 치즈루 씨한테 상담을……."

"바보야. 왜 아오이 양하고 의논을 안 해?"

"아……."

치즈루 씨의 그 한마디는, 정론 중의 정론이었다.

아오이는 당연한 연애를 하고 싶어 한다……. 나는 그렇게 생각하고 있지만, 정작 본인 입으로 들은 건 아니다. 내가 멋대로 그렇게 느낀 것뿐이다.

아오이 입장에서도 마찬가지다. 설령 내 마음을 헤아렸을지언정, 내가 직접 속마음을 말한 건 아니다.

……이런 식으로 서로 마음을 떠보는 상태에서 결론이 날 리가 없는데.

어떻게 이야기할지만 생각했는데, 그게 잘못이었다.

중요한 건 서로의 마음을 전하는 것……. 대화는 그다음 단계다.

아오이에게는 뭐든 상의하라고 하고는, 정작 나는 혼자 해결하려 했다……. 뭐 이렇게 한심하냐.

"드디어 깨달은 모양이네……. 너는 참 손이 많이 가는 후배야."

치즈루 씨가 부드러운 어조로 말을 잇는다.

"명심해, 유야. 이 문제는 혼자 고민해서는 안 돼. 두 사람의 문제는 둘이 함께 고민하고, 답을 내야 해."

"……네. 깨닫게 해 주셔서 감사합니다."

"고맙다는 인사는 미즈시마한테 해. 지금 한 훈계는 미즈시마가 한 말을 빌린 거거든."

"미즈시마 씨요?"

난데없이 치즈루 씨의 약혼자 이름이 나와서, 나도 모르게 고개를 기울였다.

치즈루 씨가 약간 수줍어하며 미소 짓는다.

"결혼 생활은 파트너와 함께 꾸려 가는 거라고…… 미즈시마가 그랬어. 그러니까 앞으로 어떤 미래가 기다리고 있든, 둘이 함께 같은 인생을 걸어가자고 하더라."

이 이야기를 언젠가 들은 기억이 있다. 우리가 같이 식사했을 때, 치즈루 씨가 술에 취해 잠든 사이, 미즈시마 씨가 해 줬다.

그랬지.

나도 약속했잖아. 아오이와 둘이 이인삼각으로 열심히 하겠다고.

치즈루 씨가 캔 커피를 든 손으로 내 가슴을 톡 쳤다.

"네 파트너는 아오이 양이야. 결혼하면 그 아이와 둘이 미래를 개척해 나가게 되지. 고민이 있다면 그 고민을 함께 나눠 봐."

"알겠습니다. 기회를 봐서 아오이의 마음이 어떤지 물어볼게요. 지금은 중요한 시기니까, 고민거리를 늘리고 싶지는 않거든요……."

"그래, 그게 좋겠어. 힘내."

그렇게 말하며 치즈루 씨는 살짝 볼을 허물며 미소 지었다.

상담에 응해 준 치즈루 씨에게는 정말 감사한 마음뿐이다. 장난도 많이 치지만 부하를 따뜻하게 지켜봐 준다. 역시 내가 동경하는 상사다.

"자, 슬슬 내려가 볼까. 유야, 너도 가서 남은 업무를 처리해야지."

그렇게 말하고 옥상의 출입구 쪽으로 걸어갔다.

BLACK

"치즈루 씨. 감사합니다."

내가 인사하자, 뒤돌아보며 브이를 그린다. 남은 세 손가락으로는 능숙하게 캔 커피를 들고 있다.

"인사할 필요 없어. 곤란할 때는 서로 도와야지, 안 그래?"

"치즈루 씨……. 맞는 말씀이에요. 치즈루 씨도 무슨 일 있으면 제게 의지해 주세요."

"후후. 이미 진즉부터 의지하고 있어."

그 말을 남기고, 치즈루 씨는 옥상을 내려갔다.

……좋아. 해야 할 일이 정해졌다.

우선은 지금까지처럼 아오이의 수험을 전력으로 지원한다.

다음은 웨딩 사진 촬영 준비.

그리고 졸업식을 하고 나면 기회를 엿보고 아오이와 진지하게 이야기하자. 서로의 마음을 솔직하게 털어놓고, 고민을 함께 나누는 것부터 시작해야지.

왜냐하면, 아오이는 나와 같은 인생을 걸어갈 파트너니까.

……그전에.

"내 마음도, 아오이에게 말하기 전에 정리해야겠지……?"

아직 좀 고민 중이다……. 하지만 대화하고자 하면서 내 의견을 말하지 않는 건 말이 안 된다.

눈을 감고, 우리의 연애를 되짚는다.

아오이와 당연한 연애를 피했던 이유. 아오이가 고등학

생인 데다 세간에서는 사회인과의 교제를 좋지 않게 본다는 것. 그리고 료코 아줌마의 신뢰를 저버리고 싶지 않다는 마음이 강한 것. 이 두 가지였다. 그래서 되도록 플라토닉한 관계를 지켜 온 거다.

하지만 아오이는 머지않아 고등학교를 졸업한다. 적어도, 사회인과의 교제가 안 좋게 보일 만한 위치는 벗어난다고 생각한다.

그뿐만이 아니다. 료코 아줌마에게는 약혼도 허락받았다. 그 정도 허락이 있다면, 키스를 한다 해도 신뢰를 배반하는 행위는 아니리라고 본다.

엉켜 있던 머릿속의 생각이 점점 정리된다.

좋아……. 결정했어.

"나도, 아오이와 당연한 연애를 하고 싶어."

결심이 선 목소리가, 푸른 하늘 속으로 빨려 들어갔다.

◆

치즈루 씨에게 고민을 털어놓으니, 마음이 가벼워졌다.

그 덕분인지, 자리로 돌아온 나는 업무에 몰두해, 무사히 지연된 분량을 만회할 수 있었다. 내일은 출근하지 않아도 된다.

밤이 되고, 퇴근해서 곧장 귀가했다.

현관문을 열자, 아오이는 이미 집에 와 있었다. 방금 막 들어온 모양이다.

조심스럽게 시험이 어땠는지 묻자,

"완전 굿이랍니다."

웃는 얼굴로 대답했다.

솔직히 안도했지만, 아직 첫날이다. 공통 시험은 내일도 있다. 기뻐하기에는 아직 이르다.

아오이도 피곤했는지, 평소보다 일찍 잠자리에 들었다. 나도 아오이의 수면에 방해되지 않도록, 조용히 씻고 바로 잤다.

그리고, 다음 날 일요일, 공통 시험 이튿날을 맞이했다.

아오이는 응시하는 과목 수가 많다.

따라서 오늘도 늦게까지 시험을 본다. 나는 저녁 식사를 차려 두고, 아오이가 돌아오기를 기다렸다.

"올 때가 다 됐는데……. 시험은 잘 봤으려나."

아오이니까, 큰 실수를 할 리는 없다. 풀이 죽어서 집으로 오는 발걸음이 무겁다든가 하는 일은 없을 것이다.

……그런데도 역시 걱정된다.

나는 거실을 왔다 갔다 하며 어찌할 바를 몰랐다.

잠시 후, 현관 쪽에서 문이 열리는 소리가 났다.

서둘러 거실에서 뛰쳐나와, 현관으로 향했다.

"아오이, 왔어?"

인사하자, 아오이가 안도한 듯 미소를 지었다. 코끝과 뺨이 약간 빨갛다. 오늘은 바람이 세찼으니, 그 때문일 것이다.

"다녀왔어요, 오빠."

"춥지? 우선 거실에서 몸부터 녹여."

"고마워요. 그런데, 자가 채점부터 먼저 해도 될까요?"

"어?"

대학 입학 공통 시험은 당일 밤에 정답이 발표된다. 대학 입시 센터나 입시 학원 등에서 홈페이지에 올린다.

수험생은 문제지에 답을 체크해 두었다가 그를 바탕으로 자가 채점을 한다. 자가 채점은 상당히 중요한 작업이다. 왜냐하면, 자가 채점 결과를 원서 접수 기준으로 삼기 때문이다.

예를 들어, 사립대의 공통 시험 이용 방식의 경우. 가령 A 대학교의 합격 커트라인이 70%라고 하자. 이때 자가 채점으로 전체 득점률이 70%를 넘는다면 무조건 지원해야 한다. 안 넘는다면 다른 대학에 지원하거나, 일반 선발로 전환할 필요가 있다.

물론, 그 커트라인도 절대적 지표는 아니다. 커트라인을 넘어도 떨어지는 경우가 있다.

그렇다고 해도, 어느 정도 신뢰할 수 있는 기준임은 틀림없다. 자가 채점은, 앞으로의 수험 전략을 세우는 데 중요하다.

"그래도 되는데, 저녁은 어떻게 할래?"

"죄송해요. 결과를 확인한 다음에 먹어도 될까요?"

"으, 응……. 알았어."

"감사해요. 그럼."

아오이는 그렇게 말한 뒤 신발을 벗고 들어왔다.

……뭔가, 예상한 반응과 다르네.

당연히 '이틀 동안 시험 치느라 힘들었어요……. 오빠, 잔뜩 칭찬해 주세요'라고 말하면서 응석을 부릴 줄 알았는데.

담담하게 대화한 것도 신경 쓰인다.

보통은 기뻐하거나, 풀이 죽거나, 미묘한 표정을 짓거나 하는데……, 설마, 시험을 잘 못 봤나?

아니야, 그럴 리가 없어. 아오이라면 문제없어. 그토록 열심히 했는걸……. 아아, 그렇지만 신경 쓰여!

나는 다시 안절부절못하면서 거실로 왔다.

따뜻한 코코아를 타서 아오이의 방에 들어갔다.

"고맙습니다. 거기 둬 주세요."

그렇게 짧게 말하는 아오이. 나를 돌아보지도 않는다. 자가 채점에 집중하는 듯했다.

방에서 나온 나는 거실 테이블에 엎드려 기도했다.

"제발. 제발 좋은 결과가 나오기를……!"

믿지 않는 게 아니다. 오히려 아오이의 노력과 실력을 믿는다.

그렇기에, 혹시 결과가 좋지 못하다면 큰 충격을 받지 않을까 걱정된다.

긴장을 배기지 못해 머리를 벅벅 헝클다.

"아오이는 열심히 했으니까 괜찮아! 괜찮지만, 만약 결과가 나쁘면……. 아니, '만약' 같은 일은 없어! 아오이는 잘해! 내 자랑스러운 약혼자! 노력하고, 성실하고, 정말 존경할 만한 사람이라고!"

뒷부분은 자랑이 되어 버렸지만, 소리치지 않고는 견딜 수가 없다.

신이시여, 제발 아오이를 합격시켜 주세요……!

"오, 오빠? 괜찮아요?"

"아오이?!"

어느 틈엔가 아오이가 내 옆에 서 있었다. 아오이에 대한 칭찬을 쏟아 낸 걸 들은 걸까, 뺨이 발그스름하다.

평소라면 부끄러워했겠지만, 지금은 그딴 건 아무래도 좋다.

나는 조용히 일어섰다.

"아오이……. 채점한 거 어떻게 됐어?"

심장이 쿵쾅쿵쾅 뛴다. 손바닥에도 땀이 흥건하다. 물어봐 놓고 대답 듣기 싫다는 생각까지 든다.

아오이가 종이 한 장을 테이블에 내려놓았다.

"각 과목 시험 점수예요. 전체 득점률도 계산했어요."

즉, 그 득점률을 합격선과 대조하면 대략적으로 합격 여부를 판단할 수 있다는 뜻이다.

"……커트라인이 몇 점이었지?"

"전체 득점률이 82%를 넘으면, 일본 학예 대학이나 사립대도 안전권일 거예요."

"그렇구나……."

심호흡을 한 번 하고, 종이를 들여다본다.

영어 188점, 국어 164점. 수학 I 과 II의 합산이 174점. 지리 · 역사나 이과 과목도 높은 점수가 줄줄이 적혀 있었다.

모든 과목별 점수 아래에 큼지막하게 '득점률'이라고 쓰여 있다.

그 옆에 적힌 숫자는── 85.1%.

"이거……, 전체 득점률이 85.1%라는 뜻이지?"

"네."

"그럼, 합격 커트라인을 넘었다는 거지?!"

"네!"

"됐다아아아!"

"됐어요오오오!"

나와 아오이는 손을 맞잡고 그 자리에서 폴짝폴짝 뛰었다. 나이를 잊고 아이처럼 들뜰 만큼, 더할 나위 없이 기뻤다.

"축하해, 아오이! 점수가 엄청 높잖아! 애썼어!"

"고맙습니다! 고맙습니다!"

아오이도 꽤 흥분한 모양이다. 마치 선거 연설을 하는 정치인처럼 감사 인사를 하며 허리를 연신 숙인다.

한바탕 기뻐하고 나니, 큰 한숨이 저절로 터져 나왔다.

"하아아아……. 이제야 마음이 놓이네. 집에 왔을 때, 어제와 다르게 좀 이상해서."

"오늘은 기존 경향과 미묘하게 다른 문제가 나와서, 조금 불안해서요. 어제만큼 잘 본 느낌도 없어서, 어쩌면 커트라인에 못 미칠지도 모른다고…… 생각했거든요."

"그랬구나. 그래도 새로운 유형의 문제도 잘 풀었잖아? 역시 대단해."

"당황하기는 했지만, 어제 오빠가 해 준 말이 떠올랐어요. '침착하게 보고 와'라는 말이. 덕분에 차분히 대처할 수 있었어요. 다 오빠 덕분이에요."

"아니, 그렇지 않아. 아오이의 노력이 결실을 이룬 거야."

"아니에요. 오빠가 없었다면 오늘까지 못 버텼어요. 정말 고마워요."

"아오이……."

이렇게 고맙다고 해 주니, 내 노력도 보상받은 듯하다.

아오이에 비하면 미미한 노력이었지만, 그래도 아오이를 지탱해 줄 수 있었다는 생각에 저절로 눈가가 뜨거워졌다.

"미치겠다, 눈물 날 것 같아……."

"후후, 오빠도 참. 울기에는 아직 이른데요?"

지적에 황급히 눈가를 비벼 닦았다.

……아오이의 말이 맞다.

전기 일정의 2차 시험이 2월 하순에 아직 남았다. 그 결과에 따라 최종 합격 여부가 결정된다. 공통 시험 성적만으로 만족할 수 없다.

그리고 커트라인을 넘었다고 해서 합격이 100% 보장되는 것도 아니다.

그래도, 이 순간만큼은 기뻐하고 싶다.

"알고 있겠지만……, 아오이의 노력이 이렇게 결과로 이어진 게, 정말 기뻐."

벅차오르는 감정을 억누르지 못했다. 깨닫고 보니 아오이를 껴안고 있었다.

"아오이. 정말 잘했어. 내 약혼자, 자랑스럽고 대견해."

"유, 유야 오빠. 갑자기 그런 말 들으면 쑥스러워요……."

"그래? 평소에는 먼저 말하면서?"

"정말. 심술궂어……. 바보."

내 허리에 팔을 두르며 살며시 안는다.

"저, 다음 시험도 열심히 할게요. 반드시 좋은 결과를 내겠어요."

"그래. 나도 최선을 다해 도울게."

해야 할 일이 많다. 우선은 원서 접수.

공통 시험 성적이 커트라인을 넘었으니, 공통 시험 성적이 들어가는 전형에서 유리하게 작용할 것이다.

아오이가 내게서 몸을 떼며 수줍어하며 웃었다.

"그리고 웨딩 사진도 잊으면 안 돼요. 알았죠?"

"응. 몇 군데 후보를 꼽아 뒀으니까 슬슬 의논해서 정하자."

"그럼, 지금 해요!"

"지금?! 너, 안 피곤해?"

"피곤해요. 그래서 오늘은 더 공부하지 않고 오빠와 함께 보내고 싶어요……. 안 돼?"

나왔다, 아오이의 응석 최상 모드. 반칙급 귀여움에 정신이 아찔해진다.

"오빠. 안 돼요?"

"아니, 돼. 그럼, 소파에 앉아서 천천히 얘기하자──."

꼬르르르르륵.

아오이의 배에서 소리가 났다. ……아니, 배고프다고 고함쳤다고 해야 맞다. 그만큼 소리가 컸다.

당사자는 얼굴을 새빨갛게 물들였다. 배를 손으로 누르면서,

"아, 안 돼! 쉿!"

제 배를 꾸짖고 있다. 그러면 배꼽시계 알람이 꺼진다고 생각하는 게 미치도록 사랑스럽다.

"아하하……. 그냥 저녁 먼저 먹자."

"으으……. 이러면 제가 먹보 같잖아요……."

"그렇게 생각 안 해. 시험 치느라 힘들어서 허기진 거잖아."

"익! 그런데 왜 히죽거려요?! 역시 먹보라고 생각하는 거죠?!"

아오이가 볼을 부풀리고 나를 노려본다. 화내는 와중에도 배에서는 여전히 알람이 울리는 중이다.

"아오이. 오늘 저녁은 카레야."

"카레! 든든한 게 먹고 싶었는데 잘됐네요!"

메뉴를 말해 주자, 단숨에 기분이 좋아진 듯하다.

역시 든든하게 먹고 싶었던 거구나…….

이 말은 굳이 하지 말자.

그 후, 우리는 카레를 먹으면서 시간 가는 줄 모르고 공통 시험과 웨딩 사진 촬영 이야기를 나누었다.

다음 날, 나는 곧바로 대학교에 원서를 넣었다.

사립대 쪽은 공통 시험 결과만으로 합격 여부가 결정된다. 이제 내가 할 수 있는 건 아무것도 없다. 결과가 좋기를 바랄 뿐이다.

다만, 일본 학예 대학은 2차 시험이 있다. 아무리 공통 시험 점수가 좋아도, 2차 필기시험 점수가 안 좋으면 합격할 수 없다.

2차 시험의 전기 일정은 2월 25일과 26일. 이틀에 걸쳐 진행된다.

다음이 마지막 시험이 될지도 모른다. 아오이는 막판 스퍼트를 내어 매일매일 맹공부하며 보내고 있다.

공통 시험을 보고 난 뒤의 아오이의 기백은 실로 굉장했다. 꼭 합격하겠다는 말을 입버릇처럼 하고 있다.

그렇게 자신을 몰아붙이는 게 효과를 발휘했는지, 과거 기출문제를 풀면 고득점을 맞기 일쑤다. 이런 컨디션이라면 본 시험도 괜찮을 것이다.

며칠이 더 지나, 2월에 접어들었다. 눈이 내리는 날도 있어, 추운 겨울이 이어지고 있다.

며칠 전, 웨딩 사진 촬영을 신청한 회사의 담당자와 미팅이 있었다. 당일의 일정과 흐름, 촬영 스튜디오, 의상 등을 고르기 위해서였다.

아오이도 같이 갔는데, 내내 흥분 상태였다. 특히 의상을 고를 때는 '전부 예뻐요! 다 입어 보고 싶어요!'라고 해서 담당자를 웃게 만들었다.

웨딩드레스를 입은 아오이라니……. 상상만 해도 두근거린다. 분명 말문이 막힐 만큼 아름다울 거다.

아직 혼인 신고도 안 했는데, 왠지 결혼 준비를 하는 기분이다. 료코 아줌마도 오시니 더욱 그렇게 느껴진다.

웨딩 사진은 우리 인생 최고의 추억으로 남기고 싶다.

촬영 당일에 마음껏 즐기기 위해서라도, 우선은 수험이라는 고비를 넘어야 한다.

◆

2월 중순. 어느 날의 오후였다.

거실에 묘한 긴장감이 감돈다.

오늘은 사립대 합격 발표일. 일본 학예 대학의 입시 형태와는 달리, 공통 시험의 결과만으로 합격과 불합격이 결정된다.

요즘은 굳이 대학교에 직접 방문하지 않아도 인터넷으로 확인할 수 있다. 지금부터 함께 결과를 확인할 참이다.

"아오이. 준비됐어?"

옆에 앉은 아오이에게 물었다.

아오이는 테이블에 둔 노트북을 진지한 표정으로 응시

하고 있었다.

"준비됐어요. 부탁할게요, 오빠."

"알겠어……."

땀이 밴 손으로 노트북과 연결된 마우스를 움직인다.

대학교 홈페이지를 켰는데, 인터넷 속도가 느리다. 수험생이 한꺼번에 접속한 탓에 더딘 거겠지.

잠시 후, 합격 발표 페이지로 화면이 넘어갔다.

결과를 확인하려면 수험 번호와 비밀번호가 필요한가 보다.

아오이가 키보드를 두드려 필요한 항목을 입력했다. 평소에 컴퓨터를 쓰는 일이 거의 없어서 그런지 손놀림이 서툴다.

숫자를 다 입력한 아오이의 손이 멈췄다.

"유야 오빠. 됐어요."

"알았어. 자, 마지막으로 이 '다음' 버튼을 누르면……. 아오이?"

마우스를 움직이는 내 손 위에 아오이의 작은 손이 포개진다.

"둘이 함께 도전한 시험이니까…… 합격 발표도 같이 봐요."

"……그래. 같이 누르자."

아오이와 함께 마우스를 움직인다.

마우스 커서가 '다음' 버튼 위에서 멈추었다.

"간다, 아오이. 하나, 둘——."

딸깍, 무기적인 소리가 나고,

페이지가 바뀐다.

나와 아오이는 화면으로 들어갈 것처럼 눈을 떼지 않았다.

화면에 표시된 글자는 '시라토리 아오이'라는 이름과 수험 번호.

그리고 새빨간 '합격'이라는 두 글자였다.

"합격이다……. 합격이야, 아오이! 축하해!"

"네! 다, 다행이다아아아아……!"

긴장이 풀렸는지 힘이 빠진 아오이가 의자에 몸을 풀썩 기대었다.

"아하하. 기쁘다기보다는 안도했다는 느낌이네."

"네. 1지망은 어디까지나 일본 학예 대학이니까요. 우선은 대학생이 될 수 있다는 안도감이 커요."

"그렇구나……. 아오이는 목표 의식이 뚜렷하구나. 나는 좋다고 들뜨기만 했어."

"후후. 그럼, 학예 대학에 붙으면 날아가 버리겠네요."

"아하하. 기뻐서 우주까지 날아갈지도 몰라."

농담을 주고받으며 웃는 우리.

2지망 대학이라 해도, 합격을 따냈다. 지금은 이렇게 기뻐하며 긴장을 풀어도 괜찮겠지.

그렇게 생각했는데, 아오이가 벌떡 일어섰다.

"아오이? 왜 그래?"

"저는 다시 공부하러 이만 들어갈게요."

"공부하러 간다니……. 잠깐은 합격의 여운에 젖어도 되지 않아?"

"아뇨. 더 열심히 해야죠."

"그렇게 기를 쓸 것까지는……."

"괜찮아요. 일본 학예 대학도 꼭 합격하고 싶으니까요!"

그렇게 말하며 아오이는 힘주어 팔 근육을 자랑하듯 보여 주며 의욕을 드러냈다.

……아오이의 상태가 이상하다.

최근 아오이는 '꼭 합격하겠다'라는 말을 매일같이 하고 있다. 마치 스스로를 다그치듯이.

기출문제를 풀어도 점수가 잘 나오기에, 단순히 동기 부여가 잘되는 줄로만 알았는데……, 지나치게 자신을 몰아붙이고 있는 건 아닐까?

걱정하는 나를 두고 아오이가 어색하게 웃어 보인다.

"유야 오빠와 둘이 함께 노력해 온 시험이잖아요. 합격하지 않으면 안 돼요."

합격하지 않으면 안 된다.

이런 식으로 자기를 옥죄는 말은 지금까지 한 번도 한 적이 없지 않았나?

평소보다 힘이 들어간 웃음도 마음에 걸린다.

……혹시, 수험에 대해 부담감을 느끼나?

공통 시험 당일에 극복했다고 생각했는데……. 그새 새로운 불안이 싹텄는지도 모른다.

어쨌든, 이대로는 안 된다.

수험생은 멘탈 관리도 것도 중요하다. 합격할 실력이 있어도 그 실력을 발휘하지 못하면 의미가 없다. 당장 손을 써야 한다.

"있잖아, 아오이. 무사히 합격했으니, 소소하게라도 합격을 축하하지 않을래? 외식 데이트는 어때?"

"고마워요. 근데 저는 방에서 공부할게요."

"어……?"

"생각해서 권해 줬는데 미안해요. 그럼, 들어갈게요."

그렇게 말하고 아오이는 자기 방으로 들어가 버렸다.

나는 의자에 앉은 채, 멍하니 아오이 방문을 바라본다.

"데이트하자고 했는데 기뻐하지 않는다고……?"

이런 적은 여태껏 단 한 번도 없었다.

권하면 흔쾌히 가자고 할 줄 알았는데……. 대체 왜 그럴까?

설령 공부를 한다 해도, 조금은 기뻐하는 반응을 보였어야 한다. 아오이 성격상, 예의상으로 '오빠랑 데이트하고 싶어요……. 그렇지만, 봄방학으로 미뤄야겠죠. 아쉬워요……'라고는 말했을 거다.

알 수가 없다.

아오이는 왜 저렇게까지 자기를 몰아붙이는 걸까.

"수험생 멘탈 케어……. 어렵다."

또 하나의 문제가 생긴 모양이다.

아오이의 수험은 아직 끝난 게 아니다.

◆

사립대 합격 발표가 있은 지 며칠이 지났다.

아오이는 평소처럼 공부 중이다.

하지만 여전히 '꼭 합격할게요'라고 말하는 게 마음에 걸린다. 겉보기에는 차분해도 어쩐지 기가 죽어 보인다.

괜한 걱정일지도 모르지만, 수험은 한판 승부다. 가능한 한 불안을 없애고 본고사를 치렀으면 좋겠다.

그래서 아오이에게 걱정되는 일이라도 있냐고 물어도 '아니요. 오빠가 응원해 주니까 괜찮다'라는 대답만 돌아온다.

정말 괜찮은 거라면 다행이지만……, 역시 신경이 쓰인다.

그렇게 답답한 마음을 안은 채 며칠이 더 흘렀다.

오늘은 2월 24일. 일본 학예 대학 입시 전날이다.

내일부터는 소위 전기 일정이라 불리는 시험이 시작된다.

3월에 중기 일정과 후기 일정이 있지만, 모집 인원은 전기가 훨씬 많다. 그래서 수험생들은 이 전기 일정에서 1지망 대학의 시험을 치는 게 대부분이다.

거실에 걸린 벽걸이 시계를 흘끗 본다. 시각은 밤 9시가 넘었다.

시험은 내일부터 이틀간. 빨리 자고 몸을 쉬게 하는 편이 좋을 것이다.

"아오이. 그만 자는 게 어때?"

잠옷을 입고 소파에 앉아 있는 아오이에게 말을 걸었다.

그런데 대답이 돌아오지 않는다.

"아오이. 내 말 들었어?"

"네? 뭐가요?"

"시험에 대비해서 일찍 자는 게 어떠냐고."

"아, 큰일 났다! 내일 준비를 해 둬야 하는데……. 아야!"

허겁지겁 일어서더니, 이번에는 갑자기 쪼그리고 앉아 발가락을 움켜쥔다.

"괜찮아?"

"죄, 죄송해요. 새끼발가락에 쥐가 좀 났어요……. 이제 괜찮아요."

그렇게 말하고 일어나 웃는다.

발가락에 쥐가 난 건 그렇다 치고……. 야무진 아오이가 시험 준비를 깜박했다고?

역시 상태가 이상하다.

뭔가 불안을 느낀다면, 오늘 안에 해소할 수 있게 해야 한다. 안 그러면 큰일이다. 아오이가 자기 전에 어떻게든 하자.

"아오이. 혹시 긴장했어?"

"괜찮다니까요. 불안감은 공통 시험을 보는 날에 이미 극복했는걸요."

"그렇지만……."

"걱정이 과해요. 믿어 주세요. 오빠와 두 발 맞춰 노력해 왔는걸요……. 실패가 있어서는 안 돼요. 꼭 합격할 거라고요."

아오이가 웃는 얼굴로 브이를 그린다.

나와 두 발 맞춰 열심히 해 왔다라.

아오이가 꼭 합격하겠다고 자기를 몰아세우는 이유.

지금 한 말로 조금은 알 것 같다.

미안해, 아오이. 시험 전날까지 네 불안을 덜어 주지 못해서.

하지만 마지막의 마지막에라도 알아차려서 다행이야.

"아오이. 잠깐 산책하러 다녀오지 않을래?"

제안하자 아오이가 고개를 갸우뚱한다.

"산책이요? 지금요?"

"응. 밤 산책. 오늘은 달도 예쁘고 기분 전환하기에 좋을 것 같아서."

"하지만 오빠도 방금 빨리 자는 게 어떠냐고……."

"지금 침대에 누워 봤자 이런저런 생각에 못 자지 않겠어? 예를 들어…… 아오이를 응원하는 내 마음 같은 거."

눈을 깜박이며 놀란 표정을 짓는 아오이.

이 반응, 역시 내 짐작이 맞구나.

아오이가 기가 죽어 있던 이유.

그건 아마도 내 기대에 부응하려 하기 때문일 것이다.

만약 떨어지면, 응원해 준 오빠에게 미안하다……. 아마 그런 생각을 하는 거겠지.

"꼭 합격하겠다는 기개는 훌륭해. 하지만 항상 그렇게 힘만 주고 있으면 헛돌아. 오늘 밤에는 힘을 확 빼는 게 좋아."

"그렇지만……."

"두 발 맞춰서 열심히 하자고 약속했지? 그렇다면 아오이의 불안도 나한테 들려줘. 그러려고 내가 곁에 있는 거잖아. 응?"

부드럽게 타이르자 아오이는 고개를 끄덕인다.

"……알겠어요. 나가요."

"그럼, 옷 갈아입고 오자. 오늘 밤은 추우니까 따뜻하게 입어."

"네. 옷 입고 봐요."

그 뒤, 우리는 각자 방에 들어가 준비를 마치고 집을 나섰다.

둘이 밤이 내린 주택가를 나란히 걷는다.

오가는 대화는 별로 없어도 손은 꼭 잡고 있었다. 아오이에게 내가 곁에 있다는 마음이 전해지도록.

오늘 밤은 보름달이 떴다. 올려다보니 동그란 달이 우리를 지켜보고 있었다.

한겨울의 하늘은 맑았다. 공기가 맑아서 그런지 별이 잘 보였다. 반짝반짝 빛나는 모습이 마치 시험을 앞둔 아오이에게 응원을 보내는 것처럼 느껴졌다.

"유야 오빠. 어디까지 가는 거예요?"

아오이가 침묵을 깨고 물었다.

나는 발걸음을 멈췄다.

"다 왔어. 여기서 얘기하자."

"여기는…… 공원이에요?"

"응. 아무도 없으니까 얘기하기 좋을 것 같아서."

우리는 밤이 깔린 공원으로 들어갔다. 발걸음은 자연스럽게 그네 쪽으로 향했고 차가워진 판자에 앉았다.

그네를 살짝 흔드니까 끼익, 하고 위태로운 소리를 냈다. 미약했지만, 우리 둘밖에 없는 밤 공원에서는 유난히 크게 울렸다.

옆에 앉은 아오이를 본다. 지난날을 회상하는 듯한 부드러운 미소를 짓고 있다.

"이 공원……. 여기서 오빠한테 진로 얘기를 털어놓은 게 시작이었죠."

아오이가 처음 히나랑 놀았던 날이었다.

그때, 아오이는 자기가 교사로서 적성이 없을지도 모른다며 고민했었지.

하지만 히나와 교류하며 자신감을 되찾았다. 그 장소가 바로 이 공원이다.

"그로부터 1년이 지났네요……. 그동안 저, 열심히 공부했어요."

아오이가 조금씩, 마음속 이야기를 꺼내기 시작한다.

"입시 학원에 다니면서 열심히 수업을 듣고. 도중에 모의고사 성적이 잘 안 나온 적도 있었지만, 그것도 이겨 낼 수 있었어요. 이게 다, 유야 오빠가 곁에 있어 줬기 때문이에요."

그건 스스로 열심히 노력했기 때문이라고 생각하지만, 괜한 말을 얹지 않았다. 속마음을 전부 털어놓을 때까지는 내가 들어주어야 한다.

"오빠가 있어 줘서 불안하지 않았어요. 언제나 곁에서 제 버팀목이 되어 줘서…… 정말 마음이 든든하고, 어떤 꿈이라도 이룰 수 있을 것 같았어요."

"그랬구나……. 근데 지금은 조금 불안하고?"

"……역시 다 알고 있었군요."

슬픈 듯 시선을 떨군다.

"떨어질까 봐, 무서워요. 일본 학예 대학에 못 가는 게 두려운 건 아니에요. 오빠가 낙담한 저를 보고 마음 아파할 게 두려워요."

"아오이……."

"오빠는 제가 열심히 공부해 온 걸 가장 잘 알잖아요. 그렇기 때문에 떨어졌을 때의 제 기분도, 가장 잘 알겠죠."

오빠는, 상냥한 사람이니까.

그렇게 말하며 불안한 얼굴을 나에게 향한다.

"오빠 덕분에 지금까지 노력할 수 있었는데, 마음속의 이 불안을 오빠 탓으로 돌리기나 하고……. 저는 제가 한심해요."

"그래서 그랬구나……. 얘기해 줘서 고마워."

아오이는 자기 걱정을 하는 게 아니라, 내가 속상해할 걸 두려워해서 그렇게 기를 썼던 거구나.

정말이지, 다정하고 배려심이 깊다. 지금 상황에서는 좀 생뚱맞은 감상일지도 모르지만, 그래도 나는 아오이를 좋아하게 된 걸 정말 잘했다고 생각한다.

괜찮아, 아오이. 너 혼자서 짊어지지 않아도 돼.

파트너인 나한테 그 불안을 나눠 줘.

"나는 자랑스러워. 이렇게 다정하고, 노력도 많이 하고, 언제나 최선을 다하는 아오이를 곁에서 지탱할 수 있다는 게."

"……저도 유야 오빠 곁에 있을 수 있어서 행복해요. 하지만 오빠의 기대를 저버릴까 봐 무서워요……. 불합격하는 것보다 훨씬 더요."

"그래. 나도 아오이가 슬퍼하는 모습을 본다면 가슴이 아플 거야."

"그렇, 죠……."

"하지만 그건 당연한 일이라고 생각해."

지금은 안다.

내 인생은, 아오이의 인생.

둘이 서로를 지탱하면서 모든 걸 나누며 살아가는 것.

부부가 된다는 건 그런 마음가짐이 필요하다고 배웠다.

"좋아하는 사람이 슬퍼하면 같이 슬퍼하고, 기뻐하면 나까지 기뻐지는 거……. 아오이. 그런 게 부부가 아닐까?"

"네?"

"기쁨은 두 배, 슬픔은 반씩. 어떤 상황이든, 우리 둘이 서로에게 의지하고 기대면서 극복해 나가는 거지……. 내 남은 인생은, 아오이와 그렇게 살아가고 싶어."

"둘이, 의지하고 기대면서……."

"응. 만약 합격하지 못하더라도, 내가 슬픈 이유는 아오이가 느끼는 슬픔의 반을 같이 짊어지기 때문이야. 너를 위해 슬플 수 있다면, 나는 하나도 괴롭지 않아. 오히려 그

걸 위해서 내가 있는 게 아닐까?"

"유야 오빠……."

내 이름을 속삭임과 동시에, 하얀 입김이 새어 나온다.

아오이의 눈동자에 눈물이 맺혀 있었다.

나는 그네에서 몸을 내밀어 손가락으로 눈가를 살짝 닦아 주었다.

"후회 없도록 최선을 다하고 와. 어떤 결과가 기다리든 둘이 감정을 나눠 가지자. 응?"

"……네. 알겠어요."

아오이는 눈가를 벅벅 닦고, 미소를 지었다.

"후후. 이인삼각은 수험뿐만 아니라, 앞으로 평생 하겠네요."

"아하하. 그런 거지."

"……고마워요. 덕분에 불안한 기분을 반쯤 던 것 같아요."

달빛 아래로 아오이의 표정이 잘 보인다. 이제 내일 시험을 두려워하는 모습은 온데간데없다. 오히려 자신감마저 느껴진다.

아오이가 그네에서 일어나 내 앞에 선다.

"약속할게요. 내일, 최선을 다하겠어요. 꿈을 이루기 위해……. 그리고, 사랑하는 당신과 함께 기뻐하기 위해서요."

예상치 못한 말.

어른스러운 표정에 심장이 두근거렸다.

사랑하는 당신.

점점 성숙해져 가는 아오이를 보고 있으면 실감한다.

결혼이, 그리 먼 미래가 아니라는 것을.

"응. 아오이라면 할 수 있어. 분명 괜찮을 거야."

그렇게 말하며 나도 일어섰다.

"자, 우리 집으로 돌아가자. 감기라도 걸리면 큰일이야."

"네……."

무언가 하고 싶은 말이 있는지 나를 힐끔힐끔 본다. 몸을 배배 꼬고 뺨도 살짝 붉다.

이건……. 어떻게 봐도 응석 부리고 싶다는 신호잖아.

"손잡고 갈까?"

"아뇨. 이게 좋아요."

아오이가 내 팔에 매달려 왔다.

어른스러운 표정을 보였다가도 이렇게 어린 티도 낸단 말이지……. 반칙이야. 다 매력적으로 보이잖아.

"유야 오빠……. 안 돼, 요?"

"응? 아, 아니야. 좋아."

"후후, 신난다."

그렇게 말하며 꽉 끌어안는다. 기분 회복이 빠른 것도, 아오이의 장점인 듯하다.

우리는 몸을 맞대고, 봄방학 데이트 계획을 이야기하며 집으로 돌아왔다.

◆

날이 밝고, 일본 학예 대학 2차 시험 당일 아침이 되었다.

공통 시험 때와 마찬가지로, 나는 아오이를 배웅하기 위해 현관에 섰다.

"아오이. 수험표 챙겼지? 필기도구, 그리고 지갑, 휴대폰은……?"

"후후. 완벽하게 챙겼어요."

한 손으로 오케이 사인을 그리며 미소 짓는다.

웃는 게 평소처럼 자연스럽다……. 어젯밤과 달리 확실히 마음을 다잡은 것 같다.

"아하하. 똑 부러지니까 깜박한 게 있을 리 없겠지만, 그래도 혹시나 해서 물어봤어."

"깜박한 거……. 그러고 보니, 이번에는 오빠표 도시락은 없나요?"

"아!"

이런! 일부러 일찍 일어나서 만들었는데 안 건네줬잖아!

"미안! 금방 가져올 테니까 잠깐만 기다려!"

허겁지겁 부엌으로 달려가 도시락을 들고 왔다.

"기다렸지. 자, 여기."

"정말. 오빠가 만들고 깜박하다니, 맴매할 거예요?"

"자, 잘못했습니다……."

이렇게 중요한 날에 잔소리를 들을 줄이야. 역시 아오이는 당해 낼 수가 없네.

반성하는데, 아오이가 도시락 가방을 뚫어져라 보는 게 보였다.

그러더니 불쑥 가방 안에 손을 넣는다.

"뭐 해?"

"점심 메뉴가 궁금해서요. 시험에 집중하려면 미리 확인하는 게 좋을 것 같아서요."

"먹보가 나타났다……."

"오빠. 뭐라고요?"

"아무 말도 안 했는데요."

째려보는 통에 나는 입을 다물었다. 솔직히 잘 먹는 사람을 좋아하지만……. 음. 소녀의 마음은 어렵다.

아오이가 도시락을 꺼내려던 그때, 편지가 떨어졌다.

몸을 숙여 줍는 아오이.

"오빠. 이 종이는 뭐예요?"

"아! 그, 그건……!"

저건 아오이를 응원하고자 밤늦게까지 고민해서 쓴 편지다.

지금 내 앞에서 읽는 건 부끄러워 죽을 것 같은데……!

내 속마음을 알 리 없는 아오이가, 접힌 편지를 펼쳤다.

"잠깐, 아오이! 점심시간에 혼자 읽었으면——."

"어디 보자……. '사랑하는 아오이에게'."

"크윽!"

첫 줄부터 부끄럽다. 죽고 싶다.

점심시간에 읽고 힘을 내게 할 계획이었는데……. 뭐야, 이 수치 플레이! 제발 소리 내어 읽지 말아 줄래?!

내가 괴로워하는 사이, 아오이는 편지를 다 읽어 버렸다. 그러고는 편지를 접어 넣고 생글생글 웃는다.

"유야 오빠. 멋진 편지를 써 줘서 고마워요."

"설마 눈앞에서 읽을 줄은 몰랐어……. 실패했어."

"실패는요! 마지막에 '미래의 남편, 유야가'라고 끝맺은 거, 두근두근했어요!"

"말 안 해도 돼, 하지 마!"

시험 앞두고 두근거려서 어쩌자는 거야. 좋은 일 있으라고 쓴 편지가 오히려 역효과가 나는 건 아닐까?

"그렇게 부끄러워하지 마요. 저, 기운이 나요."

"저, 정말?"

"네. 러브러브 파워 풀가동으로 시험을 잘 보고 올 수 있을 것 같아요."

뭐 그런 부끄러운 파워가 다 있어…….

그렇게 생각하다가 나도 모르게 볼이 허물어졌다.

아오이의 얼굴에 생기가 넘쳐흘러서.

웃는 걸 보니 이번 시험도 잘 볼 것 같다. 편지로 기운 북돋우기 작전에 실패해서 걱정이었는데, 지금 읽어서 다행인지도.

아오이가 현관문을 열고 내게 손을 흔든다.

"유야 오빠. 다녀올게요."

"응. 침착하게 하고 와."

"네. 그럴게요."

그리고 현관문이 천천히 닫힌다.

시끌벅적했던 아침 공간이 고요히 가라앉는다.

이제는 믿는 수밖에 없다. 힘내, 아오이.

……왠지 기분이 묘하다.

공통 시험을 본 날에는 긴장됐는데, 오늘은 기분이 내내 상쾌하다.

……아오이가 불안을 떨쳤기 때문일까.

어제 공원에 가지 않았다면 오늘 아침에도 기가 죽어 있었겠지. 아오이가 계속 불안해하면 나도 불안했을 테고.

둘이 함께 압박감을 이겨 냈기에 긍정적인 오늘을 맞을 수 있었다.

"자, 나도 출근 준비를 해 볼까."

거실로 들어가 아침을 차린다.

……있지, 아오이. 편지에는 안 썼는데 말이야.

네가 7년 만에 내 앞에 다시 나타난 뒤로, 나는 사람으로서 성장할 수 있었던 것 같아.

피곤에 찌든 회사원을 탈피하고 일도 잘 풀리고 있어. 좋아하는 사람을 위해 노력할 수 있는 남자도 되었어. 형편없던 요리도 배웠고, 도시락도 쌀 수 있게 됐지. 이렇게 너를 지탱해 줄 수 있는 것도 다 네 덕분이야.

네가 곁에 있어 줘서 하루하루가 행복해. 어떤 어려움도 힘낼 수 있어.

너와 약혼하기를 정말 잘했어.

"아오이. 앞으로도 계속, 내 곁에 있어 줘."

작게 중얼거리며 커피를 내렸다.

◆

이틀간 이어진 일본 학예 대학 2차 시험 전기 일정이 끝났다.

시험 이틀째 밤. 아오이는 돌아오자마자 웃으며 이렇게 말했다.

"최선을 다했어요. 후회는 없어요."

무척 개운해 보이는 웃음이었다. 낙심한 기색도 없고, 나를 걱정시킬까 불안을 애써 감춘 것도 아닌 듯 보인다. 오히려 시험을 잘 본 것처럼 느껴졌다.

그날 밤은 외식하고 아오이의 노고를 위로했다.

식사만 했지만 오랜만에 하는 데이트다. 아오이는 수험과 학교 이야기를 하면서 스테이크를 맛있게 먹었다.

그러나 수험이 완전히 끝난 건 아니다. 불합격일 경우 다른 시험을 또 봐야 하기에. 전기 일정이 끝난 지금도 아오이는 매일 공부를 하며 보내고 있다.

수일이 지나고 3월이 되었다.

졸업식이 코앞이지만, 그 전에 넘어야 할 큰 벽이 있다.

바로 아오이의 합격 발표다.

오늘은 전기 일정 합격 발표일.

미리 연차를 낸 나는, 아오이와 일본 학예 대학의 근처 역까지 왔다.

사립대 합격 발표처럼 인터넷으로 확인할 수도 있다.

그런데 아오이가,

"1지망이니까요. 직접 가서 제 눈으로 확인하고 싶어요."

그렇게 말했다.

이해한다. 이날을 위해 열심히 한 거니까. 현장에서 결과를 확인하는 편이 합격의 기쁨도 크겠지.

"다 왔어, 아오이."

"네. 오빠, 같이 와 줘서 고마워요."

"사랑하는 약혼자의 소중한 날이잖아. 당연히 회사를 쉬어야지."

"가, 갑자기 설레는 말 하지 말아요."

고개를 팩 돌리는 아오이. 유심히 보니 귀까지 빨개졌다.

수줍어하기는.

"자, 아오이. 갈까?"

"정말……. 유야 오빠 바보."

그러면서도 조금 기뻐 보이는 아오이와 나란히 걸었다.

이 근처는 학교 설명회 때도 지난 길이다.

그때는 3월 하순이라 벚꽃이 피어 있었지. 지금은 맨 나무들만 늘어서 있다.

우리 말고도 보호자와 함께 걷는 학생들이 눈에 띈다.

다들 수험생이겠지. 아이들은 긴장이 풀려 여유 있어 보이는데 보호자들은 경직되어 있다. 나도 공통 시험 때는 저런 얼굴을 했을 게 분명하다.

하지만 오늘은 괜찮다.

아오이가 최선을 다했다고 했으니까. 나는 그 말을 믿는다.

잠깐 걸으니, 일본 학예 대학의 교문이 보였다.

입구에 '합격자 발표는 교내 게시판에 게시합니다. 장소는 지도를 확인해 주십시오'라고 적힌 안내판이 서 있다.

우리는 안내판 지시에 따라 게시판이 있는 곳으로 걸었다.

"아, 오빠. 저기……."

아오이가 손가락으로 가리킨 곳에 인파가 몰려 있었다. 아마도 저곳에 게시판이 있을 것이다.

"아오이. 마음의 준비 됐어?"

"물론이에요. 그토록 열심히 했는걸요. 어떤 결과가 있든 후회하지 않아요."

"……그래. 좋아, 보러 가자."

우리는 인파 쪽으로 걸어갔다.

보호자와 껴안고 기뻐하는 사람. 울면서 누군가에게 전화하는 사람. 고개를 떨구고 교문으로 돌아가는 사람. 나무 데크에 멍하니 앉아 있는 사람. 게시판으로 가는 길에 수험생들의 다양한 반응이 스쳐 지나갔다.

합격자와 불합격자를 가르는 시험……. 이게 입시다.

팽팽한 분위기 속에서 사람들 사이를 뚫고 게시판 앞에 도착했다.

게시판에는 학부와 학과별 합격자의 수험 번호가 작은 숫자부터 오름차순으로 적혀 있다.

아오이가 응시한 건 교육학부 초등 코스. 수험 번호는 '124'번. 지원자 수로 따지면 중간 번호다.

"유야 오빠. 같이 확인해요."

"그래……."

나는 아오이와 손을 잡았다. 손을 맞잡으면 긴장도 반으로 줄 테니까.

괜찮아. 이제 와서 떨 필요는 없어.

아오이의 수험 번호는 반드시 있을 거야.

게시판에 적힌 숫자를 왼쪽 위부터 확인해 나간다…….

아니다. 이 근처는 아니다. 아오이 번호는 더 뒤다.

눈으로 좇는 속도를 높인다. 딱 중간쯤까지 왔을 때, 번호가 세 자릿수에 들어섰다.

아오이의 수험번호, 124번이 가까워지고 있다.

108, 113, 114, 118.

사람들의 목소리도, 바람 소리도 멀어진다. 겨울 추위도 안 느껴진다. 아오이 손을 잡은 감각조차 희미하다.

긴장해서 그러는지, 아니면 지나치게 집중해서 그러는지. 그냥 숫자를 눈으로 좇고 있을 뿐인데 머리가 저리다.

눈을 깜박이는 것도 잊고 숫자를 좇는다.

120, 123.

미래가 결정되는 순간이 바로 앞으로 닥쳤다.

제발. 아오이의 수험 번호야, 있어라.

기도하며 다음 숫자를 본다——.

「124.」

아오이의 수험 번호가, 있었다.

안심한 순간, 힘이 스르르 빠졌다. 주위의 소리도, 추위도, 아오이의 손의 온기도, 전부 다시 내게로 돌아왔다.

아오이는 내 손을 꽉 잡으며 기쁨을 폭발시켰다.

"있어요……. 있어요, 오빠!"

"응! 축하해, 아오이!"

"저, 합격했어요……. 해냈다!"

웃는 아오이를 보니, 덩달아 나도 얼굴이 절로 풀어진다.

합격했다는 것. 수험 공부의 노력이 보답받았다는 것. 모든 게 내 일처럼 기뻐서 나까지 흥분해 버렸다.

"정말 잘됐어! 지금까지 고생 많았어, 아오이!"

"네. 뭐랄까, 아직도 믿기지 않는데, 그래도 행복하고, 가슴이 벅차고……. 너무 기뻐서 정신이 하나도 없어요……!"

"아하하. 괜찮아, 기쁨을 만끽해. 아오이의 노력이 결실을 이룬 순간이니까."

"그렇죠……. 그럼, 마음껏 기뻐할게요! 아싸!"

우리는 손바닥을 마주쳤다. 짝, 축복의 소리가 주변으로 울려 퍼진다.

기쁨과는 별개로, 안도감이 서서히 밀려온다.

만약 불합격이었다면, 아오이는 분명 좌절했을 거다. 슬픔을 억누르며 다시 공부를 해야 했을 터다.

그런 아오이를 보는 건 괴로웠을 거야.

"아오이. 오늘은 축하 파티를 하자. 오랜만에 수험 생각은 잊고, 실컷 즐기자."

"어? 그래도 괜찮아요?"

"물론이지. 어떤 부탁이든지 들어줄게. 합격 기념 선물이라고 생각해."

"그럼, 지금부터 데이트하러 가도 돼요?"

"좋은데? 여태 계속 참았잖아."

"저요, 하고 싶은 게 엄청 많아요. 오빠랑 여행도 가고 싶고, 또 놀이공원에도 도전하고 싶어요. 하이킹 같은 아웃도어 스포츠도 해 보고 싶고요. 그리고 맛있는 것도 많이 먹고……. 어떡하죠. 하루에 다 못해요. 욕심이 과하죠."

아오이가 드라이브 데이트도 안 하기는 아쉽다는 말을 덧붙이며 고민한다.

……하고 싶은 게 끝도 없이 생각날 만큼, 그동안 오래 참은 거겠지.

좋아, 결정했다. 오늘부터 아오이를 응석받이로 만들어 주자. 열심히 노력했으니까, 벌은 안 받겠지.

나는 아오이의 머리에 손을 툭 얹었다.

"하루에 다 하기는 힘들겠지만, 이제부터 하나씩 이뤄 가면 돼. 수험은 끝났으니까."

"오빠……. 그러네요."

"봄방학 계획 세우는 거, 기대된다……. 아, 그러고 보니 방금 하이킹 가고 싶다고 했지? 그 김에 꽃구경하는 것도 괜찮겠다. 아오이가 직접 만든 도시락을 먹으면서 보는 벚꽃은 일품일 거야…… 아, 이러면 나만 즐겁겠네."

아하하, 장난스럽게 웃었다.

그런데 아오이는 웃지 않았다.

입술을 꾹 다물고, 미세하게 떨고 있다.

"아오이?! 왜, 왜 그래?"

"미안해요……. 마음이 놓이니까, 갑자기, 눈물이, ……흑!"

아오이의 눈에서 맑은 물방울이 넘쳐흘러 뺨을 타고 흐른다.

"오빠랑 함께 걸어 온 수험이라서, 떨어질까 봐 무서웠어요……. 그런데 지금은 안도감이, 확 커져서……!"

"아오이……."

"다행이에요……. 정말, 다행이에요……!"

아오이는 얼굴을 구기며 엉엉 운다.

아무리 각오를 다져도, 압박감이 늘 따라다닌다.

아오이는 압박감에 지지 않았다. 정말 강했고, 노력했다고 생각한다.

하지만 아오이도 평범한 고등학생이다. 압박감을 이겨냈다고 불안을 완전히 지울 수는 없었으리라.

상냥하고 섬세하다. 겁 많은 구석도 있고, 타고난 응석꾸러기다.

그럼에도 목표를 향해 묵묵히 노력하는, 근성 있는 사람.

연인인 나는 그걸 잘 알고 있다.

여러 감정이 뒤섞인 이 눈물은 내가 받아 주자.

나는 주위 시선을 신경 쓰지 않고, 아오이를 살며시 안았다.

"아오이. 고생 많았어."

"오빠. 저, 정말 기뻐요……!"

"나도 기뻐. 아오이가 꿈을 잡은 것도, 그걸 내가 도울 수 있었다는 것도."

"네……."

아오이가 내 가슴에 얼굴을 묻고, 다행이라며 울먹거린다. 기쁨으로 충만한 마음을 곱씹듯, 몇 번이고 '다행이다'와 '기쁘다'라는 말을 반복한다.

나는 아오이가 눈물을 그칠 때까지, 계속해서 위로를 건넸다.

◆

시간이 얼마나 흘렀을까.

아오이가 울음을 그치고, 우리는 나무 데크로 자리를 옮겼다.

의자에 앉은 아오이가 얼굴을 두 손으로 가리고 있다. 귀까지 새빨갛다.

"차, 창피했어요……!"

"아하하……. 주목을 꽤 받았으니 그럴 만도 하지."

사람들이 모여 있는 합격자 명단이 붙은 게시판 앞에서, 울면서 남자한테 안겨 있었다. 당연히 눈에 띌 수밖에.

나도 도중에 시선들을 눈치채기는 했다.

하지만 아오이의 불안을 잠재우는 것과 비교하면 잠깐 창피당하는 것쯤이야 아무렇지도 않다.

그런데 아오이는 그렇게 생각하지 않는 모양이었다.

"어쩌죠……. 입학식 때, '어, 합격 발표 날에 엉엉 울던 애다!'라면서 놀림 받을지도 몰라요."

"가능성이 없지는 않지만……, 걱정이 과하지 않아?"

"으으. 제 별명은 '컨트리 걸 돈 크라이'가 될 거예요……."

고개를 푹 숙인다. 누구도 그런 미국 영화 제목 같은 별명으로 부르지 않을 거다. 애초에 컨트리 요소가 어디 있지?

"아오이. 신경 쓰지 않아도 돼."

"정말요? 분명 이상한 남자와 이상한 여자로 보였을 텐데요."

"나까지 이상한 사람 취급하는구나……. 아, 맞다. 진정됐으면, 료코 아줌마한테 연락하는 게 어때?"

"그렇, 네요……."

아오이가 휴대폰을 꺼내더니, 나를 가만히 본다.

뭔가 말하고 싶은 눈치인데……. 아하, 알겠다.

"나는 교문 근처에서 기다릴까? 통화 끝나고 만나자."

"네?"

눈을 깜박이며 놀라는 아오이.

엄마에게 합격 소식을 전하는 통화다. 기뻐하기만 하는 게 아니라, 감사의 마음도 전하겠지. 어쩌면 료코 아줌마의 축하한다는 말에 또 울 수도 있다.

아무리 약혼자라고 해도, 내가 들으면 쑥스러운 이야기도 있을 터. 그래서 통화하는 동안에는 같이 있지 않는 편이 낫다고 생각했다.

"오빠……. 마음 쓰게 해서 미안해요."

"에이, 무슨. 기다리는 동안 레스토랑이나 알아볼게."

"네. 고마워요."

나는 자리에서 일어나 교문 쪽으로 향했다.

"유야 오빠!"

나를 부르는 아오이의 목소리에 뒤돌아본다.

뺨을 붉힌 아오이가 일어나서 상냥하게 웃는다.

"지금까지 버팀목이 돼 줘서 정말 고마웠어요! 앞으로도 잘 부탁해요!"

봄을 예감케 하는 부드러운 바람이 불고, 아오이의 가는 머리카락이 살랑 흩날린다.

앞으로도.

나도 같은 마음이야, 아오이.

앞으로도 둘이 함께 힘을 합쳐 걸어가자. 결혼하고 나서도, 쭉.

"그래. 나야말로, 고마워."

앞으로 무슨 일이 있어도 아오이와 함께라면 헤쳐 나갈 수 있다.

그러니 두려워할 필요 없다.

'당연한 연애를 하고 싶다'라는 아오이의 마음, 받아들이자.

나는 아오이에게 등을 돌려 걸음을 내디뎠다.

오늘은 햇빛이 눈 부시다. 하늘을 올려다보니 태양이 빛나고 있다.

음. 데이트하기 딱 좋은 날씨야.

"오랜만에 하는 데이트, 기대된다."

어디, 오늘처럼 경사스러운 날에는 어디를 가면 좋을까.

소중한 사람의 웃는 얼굴을 떠올리며, 교문으로 걸어갔다.

합격 축하 데이트는 아오이의 희망으로 '대학가에서 즐길 수 있는 데이트 코스'를 돌기로 했다.

왜냐하면 아오이가,

"세련된 분위기가 나는 대학생 데이트의 기분을 느껴 보고 싶어요……. 안 돼?"

이렇게 졸랐기 때문이다.

당연히 나는 그러자고 흔쾌히 승낙했다.

원래는 대학교에서 좀 떨어진 곳에서 데이트할 생각이었기 때문에, 미리 짠 데이트 계획은 전부 물거품이 되었다. 하지만 물거품이 되든 말든, 아오이가 하고 싶은 게 먼저다. 왜냐하면 오늘의 주인공은 아오이니까.

세련된 데이트라는 주제에 맞춰, 조금은 어른스러운 분위기의 가게들을 구경하며 다녔다.

귀여운 잡화와 그래픽 디자인 관련 서적을 취급하는 서점.

원룸 아파트를 개조한 감성 카페.

빈티지 제품을 다루는 옷 가게.

꽤 많이 걸었는데, 아오이는 시종일관 웃는 얼굴이다.

"이제 저도 세련된 대학생이에요."

뿌듯하게 말하는 아오이의 모습이 시골에서 올라온 사람 같아 귀여웠다.

밤이 되고, 우리는 일본 힉예 대학을 벗어났나. 아오이와 상의한 끝에 저녁은 도심에 있는 이탈리안 레스토랑에 가기로 정했다.

야경이 보이는 고급스러운 공간에 아오이는 흥분을 가라앉히지 못했다.

"오늘 하루 동안 어른의 계단을 100계단쯤은 뛰어오른 기분이에요!"

그 말을 다른 손님들이 듣고는, 킥킥 웃었다.

얼굴이 새빨개진 아오이가,

"어, 어른의 여유가 부족했어요……."

그렇게 반성하는 바람에 나도 웃음이 터져 버렸다. 물론 그 뒤로 아오이한테 세트로 딸려 온 소리를 한참 들었다.

즐겁게 합격 축하 데이트를 한 지 며칠이 지나고.

오늘은 우리 집에 손님이 와 있다.

무사히 휴가를 내고 일시 귀국하신 료코 아줌마다.

"호로록……, 유야. 초대해 줘서 정말 고마워. 나, 호록……, 오랜만에 너희 얼굴을 보니까, 호로록……, 기쁘구나."

"엄마. 말하든가 커피를 마시든가, 하나만 해요."

옆에 앉아 있던 아오이에게 잔소리를 듣는 아줌마.

마시는 소리를 듣자 하니, 아무래도 뜨거운 걸 못 드시는 모양인데?

"아니에요, 저도 아줌마를 뵐 수 있어 기뻐요. 아오이도 쓸쓸했지?"

"하, 하나도 안 쓸쓸했는데요? 정기적으로 연락도 주고받았고……."

애처럼 강한 척하는 아오이를 보고, 료코 아줌마가 웃으신다.

"어머나. 유야 앞에서는 솔직하지 못하다니까. 합격 발표 날에는 전화로 울면서 고맙다고 했으면서……."

"어, 엄마! 쓸데없는 얘기는 하지 마요!"

"'엄마 어서 보고 싶어요' 하고 어리광 부려서, 엄마는 기뻤단다."

"가만히 좀 계시죠?! 진심이에요!"

아오이가 붉으락푸르락한 얼굴로 화를 낸다.

일부러 통화 내용을 듣지 않으려고 피해 줬는데, 소용이 없었네…….

"그건 그렇고, 졸업식에 맞춰 돌아올 수 있어서 다행이야."

옆에서 아오이가 그런 식으로 어물쩍 넘기지 말라고 외쳤지만, 아줌마는 무시하고 말을 이었다.

"유야도 졸업식에 가지?"

"네. 가려고요. 회사에도 유급 휴가를 신청해 뒀어요."

"어머. 그러면 우리 둘이 아오이의 씩씩한 모습을 지켜보자꾸나."

딸의 졸업식 이야기를 하는 내내, 료코 아줌마의 얼굴에 함박웃음이 가득하다.

아줌마는 이번에 오랜만에 학교 행사에 참석하신다. 그것도 졸업식에. 부모 입장에서는 고등학생 딸의 마지막 순간에 함께할 수 있다는 게 무척 기쁠 것이다.

"정말. 엄마는 너무 유난이에요. 씩씩한 모습이라 해 봤지 졸업장을 받는 게 다라고요."

"그거면 충분해, 아오이. 엄마는 그것만으로도 가슴이 벅차오르거든."

"그, 그래요……?"

이상한 엄마라며 중얼거리며, 어리둥절해한다.

아오이는 '고등학교 마지막 행사니까 엄마가 와 주면 좋겠다' 정도로 생각했을 것이다.

하지만 료코 아줌마에게 딸의 졸업식은 그 이상의 의미가 있는 것 같았다. 나는 부모가 아니니 완전히 이해할 수 없지만.

"아, 참. 아줌마, 괜찮으시면 오늘 저녁 드시고 가지 않으실래요?"

"어쩜, 그래도 되겠니?"

"물론이죠. 실은 미리 아오이와 의논해서, 세 사람 몫의 식재료를 준비했어요."

"그럼, 호의를 받아들일까……. 아, 하지만 마냥 기다리기만 하는 건 좀 그러니까 요리를 도와줄게."

그렇게 말하며 료코 아줌마가 자리에서 일어서려 한다.

그러자,

"엄마는 도우면 안 돼요."

내가 말하기도 전에 아오이가 먼저 나섰다.

"그래도 미안하잖니……."

"엄마는 손님이에요. 도울 필요 없어요. 제가 손수 만든 음식을 잔뜩 드시는 게 엄마가 할 일이에요."

"그, 그래?"

"자, 자. 얼른 앉아요."

아오이는 아줌마의 양 어깨를 잡아 의자에 앉혔다.

"엄마. 맛있게 만들 테니까 기대하고 계세요."

"……알겠어. 기대할게."

료코 아줌마를 설득한 후, 아오이는 힘차게 부엌에 섰다.

평상시처럼 앞치마를 두르고 조리 도구를 꺼낸다. 냉장고에서 재료를 꺼내어 칼로 척척 썬다. 익숙한 솜씨라 모든 동작이 물 흐르듯 매끄럽다.

채소를 써는 아오이를 보며 료코 아줌마가 중얼거린다.

"어머나……. 신부가 다 됐네."

평소처럼 놀리는 말투가 아니었다. 마음에서 우러난, 진중한 목소리였다.

딸의 성장을 기뻐하는 말투. 하지만 아줌마의 눈빛에는 쓸쓸함이 비친다. 말과 표정이 맞물리지 않는 느낌이다.

그런 료코 아줌마와 눈이 마주쳤다. 싱긋 웃어 보이신다.

"유야는 아오이를 도와주지 않아도 괜찮아?"

"아, 저는……."

"오면 맴매예요!"

대답하려는 순간, 부엌에 있는 아오이의 목소리가 날아왔다.

"손님을 무료하게 둘 순 없어요. 오빠는 엄마랑 이야기 나누는 게 일이에요. 아, 그리고 커피도 한 잔 더 드려요. 엄마는 뜨거운 걸 못 드시니까, 조금 식혀서요."

"……그러라는데요."

피식 웃자, 료코 아줌마가 '어머, 어머'라며 웃었다.

"유야. 벌써 아오이한테 잡혀 사는구나."

"아하하……. 죄송해요. 제가 좀 더 분발해야 하는데."

"아니야, 잔소리하려던 게 아니었어. 둘이 참 잘 어울린다 싶어서."

"잘, 어울린다고요?"

"응……. 잠깐 못 본 사이에, 정말 부부 같아졌어."

그렇게 말하며 아줌마는 다시 아오이를 쳐다보았다.

또 쓸쓸해하시는 눈빛……. 아차. 내가 똑바로 모시지 않으면 아오이한테 또 혼날 거야.

"료코 아줌마. 커피 한 잔 더 드릴게요."

"고마워, 유야. 원두를 갈아서 타 줄래? 에티오피아 노포 브랜드 원두로."

"그런 거 없는데요?!"

"후후, 농담이란다. 아줌마 농담에도 이리 휘둘리면, 고객들한테 얕보인다?"

조금 전의 감상적인 료코 아줌마는 어디로 가신 거람.

다시 평소처럼 미워할 수 없는 캐릭터로 돌아와 있다.

뭐, 우리 업계에는 훨씬 무리한 요구를 하는 고객들이 수두룩하기는 하지만…….

요리가 완성될 때까지 나는 료코 아줌마와 졸업식 얘기로 이야기꽃을 피웠다.

대화 중간중간 보이는 료코 아줌마의 쓸쓸해하는 표정.

그 표정의 이유를, 어렴풋이 생각하면서.

◆

눈 깜짝할 새에 며칠이 훌쩍 지나갔다.

오늘은 아오이의 졸업식이 있는 날. 나는 료코 아줌마와 역에서 만나 아오이네 학교로 출발했다.

아줌마는 니트와 스커트의 조합으로 차려입으셨다. 전체적으로 감색 기조로 맞춰 격조와 품위가 있다. 예복에 준한 복장을 멋지게 소화한 원숙한 여성의 느낌이다. 세련되고 멋지다. 참고로 나는 어두운 톤의 격식을 차린 정장을 입었다.

학교에 도착해 접수를 마쳤더니, 그 길로 졸업식 장소인 체육관으로 안내를 받았다.

보호자석에 앉자, 료코 아줌마가 내 귀에 속삭인다.

"유야. 드디어 졸업식이구나."

평상시 말씀하실 때보다 목소리 톤이 낮다. 표정도 굳어 있어서 평소보다 인상이 진지한 느낌이다.

……딸이 고등학교 생활에 마침표를 찍는 기념적인 행사니까 그러시겠지. 이런 자리에 참석하시는 것도 오랜만일 테니, 아무래도 긴장되실지도.

"우리 말이야, 주위에서 보면 나이 차이 나는 부부로 보일까? 어떡해, 그러면 아줌마 부끄러운데."

"긴장의 기역 자도 모르시네요?!"

제발 중요한 행사에서는 자중하세요. 딸내미가 보면 잔소리 들으십니다?

"어머? 혹시 아마에 씨 아니세요?"

료코 아줌마의 태도에 기막혀하는데, 옆자리에 앉은 여성이 말을 건넸다.

시선을 돌리니, 완벽한 화장에 손에는 값비싸 보이는 부채를 들고 있었다.

응? 이 고상한 마담, 어디서 본 적이 있는데…….

"아……. 루미네 어머님!"

놀라운 우연이다. 학부모 참관에 이어, 졸업식에서도 자리가 루미네 어머니 옆이라니.

"역시 맞군요. 오랜만이에요."

"네, 오랜만에 뵙습니다. ……아줌마. 이분은 아오이의 친구인 루미의 어머님이세요."

내가 소개하자, 아줌마께서 공손하게 고개를 숙였다.

"처음 뵙겠습니다. 저는 아오이 엄마인 시라토리 료코라고 해요. 아오이한테 루미와 아주 친하게 지낸다고 들었어요……. 신세가 많습니다."

생각 외로 제대로 된 인사였다.

저 반짝이는 미소는 아마도 영업용 미소일까. 역시 해외로 발령이 날 만한 대처 능력이다.

"아, 아오이의 어머님이셨군요? 저야말로 루미가 늘 신세를 지고 있습니다. 아오이, 참 훌륭한 아이죠. 우리 루미도 본받으면 좋겠는데 말이에요. 오호호호!"

"아닙니다. 저희 아이는 낯가림이 심해서요. 루미처럼

상냥하고 밝은 친구가 있어서 얼마나 마음이 놓이는지 몰라요. 오호호호!”

나를 사이에 두고 두 여성이 ‘오호호호!’ 웃고 있다.

창피하니까 그만들 좀 하세요……. 아니, 근데 왜 료고 아줌마까지 그렇게 웃으시는 거람? 마담의 웃음이 전염이라도 되나?

창피함을 견디고 있는데, 사회자의 목소리가 체육관에 울려 퍼졌다.

“졸업생 입장이 있겠습니다. 여러분, 성대한 박수로 맞이해 주십시오.”

안내 방송과 동시에 체육관 문이 열린다.

체육관이 박수로 가득 찬 가운데, 졸업생들이 하나둘 입장하기 시작했다.

행진하는 졸업생들을 눈으로 좇다가 루미를 발견했다. 당당하게 가슴을 펴고, 묶음 머리를 우아하게 흔들며 걷고 있다.

“아…….”

아오이도 찾았다. 씩씩 옆모습. 차분한 분위기. 집에서 나에게 응석 부릴 때와는 달리, 아주 어른스럽다.

아오이를 넋 놓고 보는 사이, 졸업생들이 모두 입장을 마치고 저마다 자리에 앉았다.

식이 문제없이 진행된다.

교장 선생님의 개회사 후에 교가 제창으로 넘어간다.

그리고 다음 순서인 졸업 증서 수여로 이어졌다.

아오이가 졸업 증서를 받는 순간을 놓칠 수는 없다. 나는 단상에 시선을 고정했다.

이름이 호명된 학생이 우리가 앉은 자리에서 봤을 때 오른쪽 계단으로 올라가 졸업 증서를 받고, 왼쪽 계단으로 내려왔다. 보아하니 오십음도순으로 이름을 부르는 듯했다.

"칸베 루미."

"네!"

힘찬 목소리가 체육관에 울려 퍼진다.

루미가 계단을 올라 단상에 오른다. 발랄하게 교장 선생님 앞으로 걸어가 졸업 증서를 받고 인사한다.

평소에는 장난기가 있지만, 이런 행사에서는 의젓하구나.

히나가 봤다면 언니가 멋있다며 기뻐했을 것 같다.

감탄하는 사이, 루미가 왼쪽 계단으로 이동했다.

내려가기 직전, 당당히 가슴을 펴고 체육관을 두리번거리는 루미. 이쪽으로 시선을 돌리더니 기쁘게 손을 흔들었다.

아마 내 옆에 앉아 있는 엄마를 발견해 흔든 것이겠지.

보호자석에서 킥킥대는 웃음소리가 들린다.

마지막까지, 참 루미답다.

……그러고 보니, 루미네 어머니는 교육열이 강한 엄한 분 아니셨나?

조심스레 옆을 보았다.

루미네 어머니가 웃고 계신다……. 그런데 이마에 핏줄이 불거져 있다.

“쟤는 허어간……. 집에 가면 따끔한 맛을 좀 보여 줘야겠어.”

손에 들고 있던 부채가 우두둑 소리를 내며 두 동강이 났다.

어이쿠, 엄청나게 화나셨는데……?!

겁먹은 내게, 료코 아줌마가 작은 목소리로 속삭였다.

“요즘 어깨 결림이 심하거든. 나도 루미 양하고 같이 따끔한 맛 좀 보고 올까?”

“그 따끔이 아닐 텐데요.”

따끔하게 잔소리를 듣는다는 뜻이라고요. 지금 맥락에서 동양 의학 얘기일 리가 있겠냐고요.

어이없어하는데,

“시라토리 아오이.”

드디어 아오이의 이름이 불렸다.

“네.”

방울 소리를 떠올리게 하는, 투명하고 맑은 목소리가 체육관에 울려 퍼졌다.

아오이가 단상에 올랐다. 가슴을 펴고, 아름다운 자세를 유지하며 걸어간다.

교장 선생님 앞에서 멈춰, 졸업 증서를 받는 아오이. 인사하고 그대로 왼쪽 계단으로 향한다.

계단을 내려오기 직전, 루미와 마찬가지로 잠시 서서 앞을 내다본다.

그 모습에는 품위가 있었다. 아오이 이름의 한자가 들어가는 접시꽃에는 '고귀하고 위엄 있는 아름다움'이라는 꽃말이 있는데, 바로 그 자체다.

아오이……. 정말 어른스러워졌구나.

넋을 잃고 보는데, 옆에서 료코 아줌마의 숙연한 목소리가 들려왔다.

"다 컸네……."

——다 컸다.

그 한마디에, 엄마로서의 다양한 감정이 담긴 느낌이 든다.

"이제는 늘 응석만 부리던 어린 아오이가 아니구나. 못 본 사이, 훌쩍 어른스러워졌네……. 이 엄마는 정말 기뻐."

아줌마가 그렇게 말하며 웃으신다. 며칠 전 보이신, 그 쓸쓸한 눈으로 딸을 바라보면서.

아오이는 어른이 되었다. 나도 그렇게 생각한다.

그러나 짐작건대, 료코 아줌마의 마음은 그리 단순하지만은 않을 것이다. 부모만이 느끼는 복잡한 감정이 있는 법이다. 그게 아니라면 기쁘다는 말과 쓸쓸한 표정의 불일

치를 설명할 수 없다.

료코 아줌마는…… 지금, 어떤 생각을 하며 딸을 바라보고 있을까.

손수건으로 눈가를 훔치는 모습을 보니, 나까지 숙연해졌다.

◆

졸업식이 끝나고, 나는 료코 아줌마와 교문으로 이동했다. 이따가 아오이와 만나 레스토랑에서 식사를 하기로 했다.

아줌마는 왠지 기운이 없다. 침울하다기보다는, 여러 생각이 교차해 생각에 잠긴 듯한 기색이다.

교문 밖에서 둘이 이야기를 나누다 보니, 화제가 조금 전의 졸업식으로 옮겨 갔다.

"졸업식, 참 좋았어. 울고 말았어."

"그러게요. 아오이, 정말 늠름했어요……. 아줌마 앞에서 말하는 것도 좀 그렇지만요."

"후후. 유야도 아오이의 어릴 적 모습을 아니까, 감회가 깊지?"

"아하하. 맞아요."

"……아이는 부모가 생각하는 것보다 훨씬 빨리 커. 잠깐 안 본 사이에 어느새 훌쩍 어른이 돼 버리고 말이야. 기쁘면서도 뭐라 말할 수 없는 기분이야."

"아줌마……."

"있지, 유야. 아오이를 기다리는 동안 잠깐 옛날이야기를 해도 되겠니?"

"네. 물론이죠."

내가 고개를 끄덕이자, 료코 아줌마가 추억을 풀어놓기 시작한다.

"아오이가 태어나고 얼마 지나지 않아서 남편이 세상을 떠났거든. 그래서 나 홀로 아오이를 키우게 되었단다……. 이 얘기 했던가?"

"네. 기억합니다."

내가 아직 학생이었을 때, 들은 적이 있었다. 아오이가 갓난아기 때, 아저씨께서 갑작스러운 병환으로 돌아가셨다고 한다.

"남편이 가고 나서는 너무 슬펐어. 이제 아이가 태어나, 행복한 가정을 꾸려 나가려던 참이었는데……. 그렇다고 슬퍼하고만 있을 수는 없잖아? 내가 정신을 똑바로 안 차리면 아오이는 살아갈 수 없으니까."

가장 사랑하는 사람을 잃은 직후인데도, 정말 강한 분이라고 생각한다. 아이가 있으면 부모란 이렇게까지 강해질 수 있는 걸까.

"남편이 없어도 나 혼자서 잘 키우겠다고 의욕은 넘쳤는데 말이지……. 일 때문에 아오이 곁에 있어 줄 시간이 적었어. 그 탓인지 아오이는 혼자 노는 데 익숙해지고, 밖에서 친구를 사귀는 데는 서툴렀지. 늘 '엄마, 엄마' 하면서 어리광만 부렸어. 당시에는 그게 걱정이었단다. 앞으로 아오이가 반 아이들과 잘 지낼 수 있을지."

"그랬군요……."

돌이켜 보면, 예전의 아오이는 친구가 적었던 것 같다. 지금과 비교하면 당시에는 꽤 내성적인 성격이었으니까.

"……내가 본격적으로 육아 문제를 고민한 건, 아오이가 초등학생이 되고 나서였어."

료코 아줌마가 먼 하늘을 바라본다. 옛일을 떠올리는 듯한 그 눈은 아이를 걱정하는 엄마의 눈이었다.

"아오이가 초등학교 2학년 때, 운동회를 한다는 가정 통신문을 받아 왔어. 때마침 회사를 쉴 수 있을 것 같아서 보러 간다고 약속했지. 평소에는 학교 행사에 참가하지 못하니까, 아오이도 무척 기뻐했어. 그런데…… 갑자기 일이 생겨서 결국 못 가고 말았어."

"그것참…… 아오이도 그렇고, 아줌마도 힘드셨겠네요……."

"응. 울면서 화를 내더라. '엄마는 거짓말쟁이! 제일 싫어!'라면서. 그 말이 정말 가슴에 콱 박혔어. 나 혼자서는 못 키우겠다고, 진심으로 그렇게 생각할 정도였지."

혼자서 일과 육아를 병행하기 어려운 환경이었다.

어쩔 수 없는 일이지만, 초등학생이었던 아오이에게 그런 사정을 일러 준들 이해하지 못했을 것이다. 부모 된 입장에서 괴로우셨으리라.

"그런데 말이야. 그 애가 다음 날 울면서 사과하지 뭐야. '엄마, 어제는 미안해. 거짓말쟁이는 나야. 엄마를 제일 사랑해'라고 하면서……. 기뻤어. 남을 상처 입혔다고 생각하면 제대로 사과할 줄 아는……, 내 딸이 이토록 다정하고 배려심 있는 아이로 자라 주었구나 싶었지."

"……아오이는 다정한 아이니까요."

"그래……. 나는 줄곧 내가 엄마로는 실격이라고 생각했어. 하지만 그 일로, 나도 엄마로서 노력해 온 것을 느낄 수 있었어. ……아니, 아니다. 아오이가 나를 엄마로 만들어 줬어."

부모가 된 적 없는 나로서는, 료코 아줌마의 마음을 전부 이해할 수는 없을 것이다.

하지만, 아줌마의 양육법이 틀리지 않았다는 것은 확실히 알 수 있다.

"엄마 자격이 없을 리가요. 지금 이렇게 잘 큰 아오이를 보면 알 수 있는걸요. 그리고 이제는 완전히 어른스러운 여자가 됐다고 생각해요."

"그렇네……. 유야 말대로, 아오이는 '어른스러운 여자'가 됐어."

료코 아줌마가 쓸쓸하게 웃는다.

"어……. 좋은 일 맞죠?"

"좋다마다. 딸의 성장을 기쁘게 여기지 않을 엄마는 없어. 그냥 조금 쓸쓸해서 그래."

"왜요?"

"뭐라고 할까……. 아오이가 멀리 가 버릴 것 같아서."

"멀리……요?"

"예전에는 내 껌딱지에, 낯을 가리고, 참는 아이였어. 그 이미지가 강해서 늘 걱정이었단다. 그런데, 그날 너희 집에 초대받아 갔을 때는 달랐어. 손님인 나를 부엌에 못 들어오게 하기도 하고, 유야를 휘어잡고 부부처럼 대화하기도 하고……. 어른스러운 여자로밖에 안 보였어. 내가 아는 아오이는 이제 없구나……, 그런 생각이 들었지."

료코 아줌마가 나와 마주 서서 쳐다본다.

"아오이는 훌륭한 성장을 이뤘어. 다 유야 덕분이라고 생각해."

"네? 저, 저요?"

"응. 사랑하고, 꿈을 찾고, 노력하고. 때로는 고민하면서도 꺾이지 않고 앞으로 계속 나아왔어……. 그 모든 게 네가 곁에서 지탱해 줘서 해낼 수 있었던 거야."

"아줌마……."

"너희 둘이라면, 앞으로 어떤 일이 있더라도 서로의 버팀목이 되어 주며 살아갈 수 있으리라고 생각해."

료코 아줌마가 정중하게 허리를 굽혔다.

"아직은 조금 응석받이인 구석이 있는, 서툰 딸이지만……, 앞으로도 아오이를 잘 부탁할게."

마치 상견례 때 듣는 말 같아서, 등줄기가 절로 펴진다.

……아, 그렇구나.

아줌마가 말씀하신 '아오이가 어른스러운 여자가 됐다'라는 건, 단순히 성장했다는 의미가 아니었어.

어른이 되고, 꿈을 이루고, 결혼하고……. 딸이 보금자리를 떠나 홀로서기를 하는 시기가 다가왔음을 실감하신 거구나. 그래서 기쁘면서도, 동시에 쓸쓸한 거야.

료코 아줌마가 고개를 드신다. 온화하게 웃고 계시지만, 눈동자만은 여전히 근심이 비쳤다.

"지탱해 준 건, 아오이도 마찬가지예요."

료코 아줌마의 표정을 보고 있자니, 내 마음을 전하지 않을 수 없었다.

약혼자의 어머니를 안심하게 해 드리는 것.

그것이 아오이와 인생을 함께 걸어가기로 선택한 내 책

무라고 생각하므로.

“아오이가 저를 지탱해 주었기에 ‘피곤에 찌든 회사원’에서 ‘아오이가 동경했던 연상의 남자’로 바뀔 수 있었어요. 그뿐만이 아니에요. 둘이 서로 기대고 의지하며 살아가는 것의 소중함도 배웠어요. 만약 제 덕분에 아오이가 성장했다고 느끼신다면, 그건 저희 둘이 함께 성장한 거라고 생각해요.”

“유야……. 그래. 그럴지도 모르겠구나.”

료코 아줌마는 이번에야말로 눈이 가늘어지도록 웃으셨다.

“그리고, 한 가지 더 아줌마께 드리고 싶은 말씀이――, 억?!”

쿵, 등 뒤로 충격이 전해진다.

뒤돌아보니, 활짝 웃는 아오이와 루미가 있었다. 두 사람 모두 손에 졸업장이 든 통을 들고 있다.

“유야 오빠! 하이, 하이!”

“루, 루미였구나. 깜짝 놀랐잖아…….”

“아하하. 역시 반응이 재밌다니까……. 응?”

루미가 료코 아줌마를 보더니, 눈을 반짝반짝 반짝거린다.

“혹시 아오이 어머니세요?”

“그래, 그렇단다. 반가워, 루미 양. 우리 아오이와 늘 친하게 지내 줘서 고마워.”

"정말요?! 와, 예쁘세요! 젊으시고! 완전 미인이세요!"

"어머나, 립서비스가 좋구나. 땡큐, 땡큐!"

"반응도 젊으시다! 예이~, 유어 웰컴, 유어 웰컴!"

어째선지 두 사람이 의기투합해 수다를 떠들기 시작했다.

둘이 절친이세요?

마음 같아서는 아줌마와 조금 더 얘기하고 싶지만……, 뭐, 굳이 지금 말하지 않아도 되겠지.

오늘은 졸업식. 주인공은 아오이와 루미니까, 제대로 축하해 줘야 한다.

나는 아오이 머리에 손을 툭 얹고 쓰다듬었다.

"아오이. 졸업 축하해. 졸업장 받는 모습, 정말 멋졌어."

"고마워요. 마지막이니까, 멋져 보이고 싶었어요."

"최고였어. 끝내줬어."

"아, 아이참……. 학교에서 쓰다듬으면 안 된다니까요."

"아, 맞다! 미안, 버릇이 들어서……."

"그렇지만, 계속 쓰다듬어 줬으면 좋겠어요."

아오이가 '쓰담쓰담 손길을 받을지, 말지……. 어려운 이지선다네요'라며 고민하기 시작했다.

고민하는데 미안하지만, 남들한테 들키면 곤란하니까 그만할게…….

"유야 오빠, 눈꼴시어 못 보겠네요. 그리고 저도 졸업했거든요?"

루미가 싱글싱글 웃으며 끼어들었다.

"그, 그렇지. 루미도 졸업 축하해."

"감사, 감사. 고등학교 생활도 끝이라니. 뭔가 실감이 안 나네. 아옷치는 어때?"

"저는 실감 나요. 이제 루미랑 매일 못 보잖아요."

"아옷치……. 응. 그러네."

방금까지 웃던 루미가, 갑자기 기운이 없다.

혹시 아오이의 한마디로 졸업을 실감해서 섭섭한……건가?

"루미. 고등학교, 즐거웠죠."

"자, 잠깐! 하지 마. 아옷치. 서글퍼지잖아."

"저기……. 울어요?"

"아, 안 울거든!"

루미가 눈가를 벅벅 문지른다.

그러고는 아오이의 손을 꽉 붙든다.

"아옷치!"

"네, 네?"

"예전처럼 자주 못 만나더라도! 앞으로도 우리는 친구야!"

"루미……. 당연하죠. 봄방학에 많이 놀아요."

"약속했어! 유야 오빠랑만 놀면 안 돼!"

"후후. 알았어요. 그러니까 울지 마요."

"하지만……!"

루미는 부들부들 떨며 눈물을 참으려 애쓰다가,
아오이에게 와락 안겼다.
"으아아앙. 역시 너무 섭섭해……."
"아이참……. 울지 말라니까요."
"아옷치도 울먹거리잖아. 목소리가 떨려."
"저, 저는…… 장녀니까 안 울어요!"
"외동이면서 무슨 장녀 타령이야! 나도 장녀거든!"
아오이와 루미가 눈에 눈물을 머금은 채, 웃으며 티격태격한다.
청춘이구나……. 큰일 났다. 나까지 눈물이 날 것 같아. 나이 들면 눈물이 많아진다더니, 정말 그런가.
"아오이……. 좋은 친구를 뒀구나아아아……!"
"료코 아줌마?!"
내 옆에 있던 아줌마가, 펑펑 울고 계셨다.
나하고는 비교도 안 될 정도로 눈물샘이 터져지셨어……!
나는 그런 아줌마에게 손수건을 건네면서, 가만히 아오이와 루미를 지켜보았다.

◆

졸업식도 끝나, 아오이는 봄방학에 들어갔다.

봄방학 동안 입시 학원 친구인 쿠라타에게 연락이 왔었다. 경사스럽게도 1지망이던 국립대에 합격했다는 소식을 전했다고 한다.

아오이도 상당히 걱정했던 터라, 무척 기뻐했다. 다음에 같이 쇼핑하러 가기로 약속도 했단다. 루미하고도 놀기로 하고, 고등학교 마지막 봄방학을 만끽하는 중이다.

입시의 긴장감에서 해방된 아오이는, 집에서도 한결 느긋해졌다. 나한테 손수 요리를 해 주기도 하고, 식사 후에는 나랑 늘어져 쉬기도 했다. 집에 다시금 평범한 일상이 돌아온 느낌이었다.

한편, 나는 다른 의미로 긴장된 나날을 보내고 있다.

이유는, 아오이의 응석이 점점 심해지고 있기 때문이다.

"유야 오빠."

밤, 거실 소파에 앉아 있는데, 아오이가 바짝 달라붙었다. 내 허리에 팔을 두르고, 밀착해 온다.

"잠, 잠깐만, 아오이?! 아까도 응석 받아 줬잖아……."

"흥. 그걸로는 부족해요. 더 많이 쓰다듬어 줘요."

"아니, 하지만……."

"쓰담쓰담 해 줘, 응?"

"……응."

하는 수 없이, 나는 아오이의 머리를 쓰다듬었다.

이제까지 참고 억눌러 온 탓인지, 아오이가 대놓고 응석을 부린다. 매일같이 들러붙어서 쩔쩔매는 나다.

"오빠."

"왜, 왜?"

"아무것도 아니에요. 그냥 불러 봤어요."

에헤헤 웃는 아오이.

큭, 너무 귀여워서 뇌가 다 탈 것 같아……!

"오빠? 왜 그래요?"

"아무것도 아니야. 천사의 미소에 잠깐 아찔해진 것뿐이야……."

"음, 무슨 말인지 잘 모르겠는데……. 그보다, 내일 웨딩 사진 촬영 준비는 됐나요?"

"그럼, 물론이지. 아줌마한테도 연락드렸어."

내일은 학수고대하던 웨딩 사진을 찍는 날이다. 료코 아줌마와는 현장에서 합류해, 촬영하는 모습을 지켜봐 주기로 하셨다.

준비라고 해 봤자, 특별한 건 없다. 굳이 꼽자면 나는 내의, 아오이는 웨딩드레스용 속옷과 스타킹을 챙기는 정도다.

"아오이는 준비 다 했어?"

"완벽해요! 내일을 위해 다이어트도 했고, 피부 미용도 신경 썼어요! 루미랑 처음으로 피부 관리 받는 것도 도전했답니다!"

"그, 그랬구나……."

흥분한 아오이의 기세에 눌려서 절로 기가 죽는다.

웨딩드레스를 입을 기회는 흔치 않다.

게다가 엄마에게 그 모습을 보여 줄 수 있는 특별한 날. 아오이에게는, 나보다 더 의미 있는 날일 것이다.

"내일이 기대된다, 그렇지?"

"네. 웨딩드레스 입고, 오빠랑 사진 많이 찍고, 엄마한테도 보여 드리고……. 후후. 결혼 전날도 이렇게 행복할까요?"

"결, 결혼 전날?"

벌써 그렇게 먼 앞날까지 생각하고 있는 건가.

……순간 초조했지만, 이내 생각을 달리했다.

우리의 결혼은, 더는 먼 미래 이야기가 아니다.

몇 번이고 깨달았지만, 아오이도 이제 어른이다.

가끔 보이는 어른스러운 표정. 거기다 정신적으로도 성장했다. 올해 성인이 되었으니, 나이로도 어른이라 해도 문제없다.

이제는 더 이상 어리지 않기에, 얘기를 나눠야만 한다……. 당연한 연애를 할 수 없는, 나와 아오이의 관계에 관해서.

아오이의 입시도 끝났으니, 시기상으로도 적절하다.

……내일 밤에 얘기해 볼까.

"유야 오빠."

아오이가 내게서 떨어져 미소 짓는다.

"저요, 정말 예쁜 신부가 될 테니까 기대해요."
예쁜 신부.
아오이는 내일 있을 촬영 이야기를 하는 거다.
그런데 왠지 결혼한 후의 이야기처럼 들리는 게 신기했다.
……그만큼 나도 결혼을 의식하고 있는 거겠지.
"아오이의 신부 모습, 벌써 기대된다."
"신랑인 유야 오빠도 기대돼요. 무조건 멋있을 테니까."
"부, 부끄러우니까 그만해."
"후후, 그만 안 할래요."
그렇게 알콩달콩한 얘기를 잔뜩 나누며 밤이 깊어 갔다.

◆

그리고 웨딩 사진 촬영 당일.
나와 아오이는 료코 아줌마와 역에서 만나 스튜디오로 향했다.
스튜디오에 도착하니, 담당 여성 직원이 맞이해 주었다. 우선은 메이크업 아티스트에게 화장을 받은 다음에 의상으로 갈아입을 거라고 한다.
그런 이유로 나와 아오이는 메이크업실로 이동해야 해

서 료코 아줌마는 대기실에서 기다리게 되었다.

아오이가 아줌마 쪽을 쳐다봤다.

"엄마. 저, 다녀올게요."

"잘 받고 와……. 후후. 대기실에서 신부를 기다리니까 꼭 결혼식 같네."

"정말, 엄마도 참. 결혼식은 아직 멀었는걸요."

"그렇지……."

시라토리 모녀의 시선이 동시에 내게로 향했다.

아오이의 반짝이는 눈빛……. 당장에라도 '결혼식은 멀었지만, 계획은 지금부터 세워도 괜찮아요!'라고 하고 싶은 기색이다.

료코 아줌마는 나를 놀릴 때의 그 웃음을 짓고 있다.

왠지 불길한 예감이 든다……. 이럴 때는 화제의 주도권을 상대방에게 넘기지 않는 게 최선이다.

"자, 아오이. 직원분 기다리시잖아. 빨리 가야지. 아줌마도, 이따가 뵐게요."

"그래. 멋진 신랑 신부가 되어 오기를 기대할게."

그렇게 인사를 나누고, 나와 아오이는 각각 메이크업실로, 료코 아줌마는 대기실로 들어갔다.

메이크업을 해 주는 건 여자였다.

인사를 나눈 뒤 곧바로 화장이 시작됐다.

베이스를 바르고, 컨실러와 파운데이션을 차례로 발라

준다.

메이크업을 받는 건 처음인데, 피부가 깨끗해져 가는 걸 보니 기분이 좋아진다. 새로운 것에 도전했을 때 느끼는 고양감과 비슷한 감각일지도 모르겠다.

머리는 앞머리를 올려 고정했다. 평소보다 인상이 깔끔해 보이니, 마음도 다잡게 된다.

그 후, 미리 지정해 둔 턱시도로 갈아입었다.

거울 앞에서 전신을 보며 확인한다. 격식은 차렸으나, 지나치게 딱딱해 보이지 않아서 좋다. 메이크업 덕분에 피부도 매끈해 보이고, 머리도 멋진 것 같다.

……내가 말하기는 그렇지만, 꽤 잘생긴 것 같은데?

"네, 아주 잘 어울리세요. 멋있어요."

"네?! "

직원의 말에 얼굴이 홧홧하게 달아오른다. 아무래도 속으로 생각한 걸 입 밖으로 내었나 보다.

"아하하, 부끄럽네요……. 이, 이제 곧 촬영 들어가죠?"

"네. 하지만 신부님은 준비가 조금 더 필요하시니까, 대기실에서 어머님과 기다려 주세요."

"알겠습니다."

"신부님이 정말 젊고 고우셔요. 치장하신 거 보니까 진짜 아름다우세요."

그렇게 말하며 생긋 웃는 직원.

나는 '후후, 예쁘죠?' 하고 자랑하고 싶은 마음을 꾹 참았다. ……아마 이미 눈에서 꿀이 뚝뚝 떨어질 테지만.

웨딩드레스를 입은 아오이라……. 기대되네.

순백의 드레스를 입은 아오이. 베일을 살며시 걷어 올리면, 신부의 아름다운 미소가 있고. 친척과 친구들의 따뜻한 축복 속에서, 우리는 서로를 바라본다. 그리고 사랑의 말을 속삭이며, 함께 행복한 미래를 함께 걸을 것을 맹세한다……. 이건 그냥 결혼식이잖아!

망상이 과열되고 말았어……. 내가 오늘 생각보다 더 들떴나 보네.

그렇대도 어쩔 수 없다.

아오이는 아줌마께 웨딩드레스를 입은 모습을 보여 주겠다고 약속했다.

바로 오늘이 그 약속을 지키는 날이다. 우리가 최고의 추억으로 만들어야 해.

"후후. '최고의 추억'이 될 수 있도록 저희도 최선을 다하겠습니다."

"또 제가 말로 했습니까?!"

안 되겠다. 오늘 나는 너무 붕 떠 있다. 괜한 생각은 그만두자.

준비를 마친 나는 직원의 안내를 받아 대기실로 갔다.

"어쩜!"

그러자, 기다리고 있던 료코 아줌마가 감탄하신다.

"유야, 정말 근사하구나."

"감사합니다. 이런 건 처음 입어 봐서 좀 불안했는데……."

"완벽해. 이른 남자의 느낌이 나. 멋있어."

"그, 그런가요?"

조금은 쑥스럽지만, 칭찬을 들으면 기분이 좋다. 나도 모르게 얼굴이 히죽거린다.

"아오이는 좀 더 걸린대지?"

"네. 직원분이 대기실에서 같이 기다리라고 하더라고요."

"아오이가 웨딩드레스라……. 왠지 진짜 결혼식 같아서 두근두근해."

아줌마도 설레서 진정이 안 되는 모양이다. 그 심정, 이해한다. 나도 아까 결혼식을 망상할 정도로 들떴으니까.

"그래서? 혼인 신고는 언제 할 거야?"

갑작스러운 질문에 그만 고꾸라질 뻔했다.

평소처럼 농담으로 하시는 말씀일까. 하지만 이런 특별한 날에 들으니 진지하게도 들린다. 뭐라고 하지?

놀라 당황하는 나를 보고, 료코 아줌마가 쓴웃음을 지으신다.

"서두르라고 한 말은 아니야. 그냥 왠지 결혼이 그렇게 멀지 않은 얘기 같아서 물어봤을 뿐이란다."

"료코 아줌마……."

내 생각과 비슷하다. 역시 아줌마도 그렇게 느끼시는구나.

결혼 시기는 '왠지'라는 말처럼 막연하게 정하는 게 아니다. 일이나 학업 상황, 경제력과 저축, 서로의 나이, 부모님과의 관계……. 각자의 사정에 따라 결정된다. 그런 점에서, 우리는 아직 결혼할 시기가 아니라고 본다.

그럼에도, 나와 료코 아줌마는 이미 결혼을 의식하기 시작했다.

언제 결혼할 거냐는 이 질문에는, 진심으로 대답해야 한다.

"아줌마. 저는…… 당장 결혼하는 건 현실적이지 않다고 생각해요."

"응. 나도 그렇게 생각해."

"아오이는 이제 막 대학생이 되었고, 제 저축 문제도 있으니까요. 하지만 그 사이에 할 수 있는 준비……. 예를 들어, 아오이와 료코 아줌마를 저희 부모님께 소개한다든가, 그런 준비는 해 나가고 싶어요. 장차 양가가 잘 지냈으면 하고, 그래야 저도 아오이도 기쁠 테니까요."

"후후. 미래를 제대로 생각하고 있구나. 역시 너희의 약혼을 허락한 내 선택이 옳았어."

"옳아……요?"

"그래. 유야는 아오이를 정말 소중히 여겨 주니까. 결혼하고 나서의 인생까지 생각하고 있고. 그래서 아줌마는 너희가 행복할 거라고 믿어."

"결혼하고 나서의 인생……."

역시, 결혼은 멀지 않은 미래의 이야기일까. 아무리 늦어도 아오이가 대학교를 졸업하기 전에는 결론을 내야 한다.

그런 생각을 하는데, 료코 아줌마가 피식 웃는다.

"둘이 동거한 지 2년쯤 됐지? 그동안 나는 곁에 있을 수 없었지만, 너희 둘을 계속 지켜봐 왔어. 그래서 확신이 들어. 일이나 육아로 정신없더라도, 두 사람이라면 함께해 나가며 살아갈 수 있을 거라고."

"그럴, 까요……."

"괜찮아. 내가 늘 말하잖니? 유야를 믿는다고."

료코 아줌마가 말을 잇는다.

"그렇지만 유야. 이 말은 해 둘게……. 내 믿음에 보답할 필요는 없어."

"네?"

믿음에 보답할 필요가 없다니……. 무슨 뜻이지?

당황한 나를 내버려두고 료코 아줌마가 계속 말한다.

"유야는 성실하고, 겸손하고, 상냥하고, 사려 깊은 사람이야. 네가 고민해서 내린 답은 무조건 옳다고 생각해. 네가 낸 답에, 나는 아무 불만도 없어. 그러니까 내 믿음을 부담스럽게 느껴서 스트레스받을 필요 없단다. 알았지? 나는 신경 쓰지 말고, 가슴 펴고 살아."

내 등을 떠밀어 주는 따뜻한 말.

한마디 한마디를 놓치지 않고, 곱씹듯 들었다.

아오이와 키스하는 것. 그런 건 료코 아줌마의 신뢰를 배반하는 거나 다름없다……. 예전의 나는 그렇게 생각했다.

그런데, 아니었다. 료코 아줌마가 말하는 '신뢰'는 내가 생각한 '신뢰'와 달랐다.

내 성격이나 태도, 행실을 믿는다는 의미가 아니었다. '아마에 유야가 하는 일이라면 믿을 수 있다'라는 의미였다.

……이보다 기쁜 일이 또 있을까.

"아줌마. 고맙습니다."

"고맙다는 말은 됐어. 그래서? 나중에는 역시 마당 딸린 주택으로 갈 거니? 아이는 몇 명 낳을 거고? 노후 계획은?"

"거, 거기까지는 아직 생각 안 했어요!"

진지하게 얘기한다 싶으면, 금세 장난을 치신다. 마지막에 꼭 장난을 쳐야 직성이 풀리시나 보다.

정말이지……. 료코 아줌마다우셔.

분위기가 한결 부드러워진 그때, 문을 똑똑 두드리는 소리가 났다.

노크 소리에 이어 스튜디오 직원의 목소리가 문 너머에서 들린다.

"신부님께서 준비를 마치셨습니다. 들어가도 될까요?"

"아, 네, 네!"

나는 허둥지둥 대답했다.

저 문 너머에 웨딩드레스를 입은 아오이가 있다. 그렇게 생각하니 기대되고 긴장돼서 침착할 수가 없다.

천천히 문이 열린다.

직원의 뒤를 따라서 아오이가 들어왔다.

“오빠, 엄마. 기다렸죠.”

나는 숨 쉬는 것조차 잊을 만큼, 넋을 잃었다.

아오이가, 웨딩드레스를 입고 신부처럼 꾸몄다.

평소보다 훨씬 성숙해 보이는 건, 화장이 평소와 다르기 때문일까. 속눈썹을 붙인 것도, 아이새도를 은은하게 칠한 것도 처음 본다. 색조를 쓰지 않은 눈가와는 달리 입술은 빨간색으로 선명하다. 자연스럽게 홍조를 띠는 볼 터치가 성숙함 속에 귀여움을 더한다. 꽃이 달린 머리 장식도 잘 어울린다.

웨딩드레스는 어깨가 드러나는 디자인이었다. 노출한 하얀 피부는 우아하고 아름답다.

드레스 치마는 허리에서 밑단으로 퍼지는 형태다. 그 고상하고 화려한 의상은 마치 공주님 같다. 동화 속의 여주인공 그 자체다.

“유야 오빠. 저, 신부 같아요?”

아오이가 수줍게 묻는다.

“응. 정말 잘 어울려.”

"정말요? 이런 멋진 의상을 제대로 소화하고 있는지 불안해요……."

"걱정할 필요 없어. 드레스에 절대 밀리지 않아. 평소보다 어른스럽게 보이고, 최고의 신부야. 입술도 반짝반짝하고 눈매도 예뻐. 빨려 들어갈 것 같아."

"고, 고마워요……. 오빠, 이, 이제 그만해요……."

"아니, 아직 다 못했어. 드레스도 완벽해. 내 약혼자가 공주였나 착각할 정도로, 황홀한 느낌의 미인이야. 아, 깜빡하고 말 안 했는데 그 꽃 달린 머리 장식도 정말 잘——."

"그, 그만요! 직원분도 계시는데 부끄럽단 말이에요!"

"어? 아……!"

일 쳤다. 남들 다 있는 데서 칭찬 폭격을 퍼붓고 말았다.

직원을 힐끗 봤다. 싱글벙글 웃고 있다.

싫어, 그런 따뜻한 미소로 쳐다보지 마!

창피해 어찌할 바 모르는 나에게, 아오이가 다가와 귓속말한다.

"힘내요, 오빠. 부끄럽기는 했지만, 저는 기뻤답니다."

"으, 응……. 미안. 중요한 날이라 좀 들뜬 것 같아."

"들뜨면 어때요. 중요한 날이니까 들뜨는 게 맞아요."

"그러게. ……응. 맞아."

아오이 말이 옳다.

오늘은 특별한 날이 될 것이다. 부끄럽다거나 하는 그런 감정은 필요 없다. 최고로 환하게 웃으며 촬영에 임해야 한다.

"오빠의 턱시도 차림도 정말 멋져요."

"정말? 신랑 같이 보여?"

"네. 어릴 때부터 이런 장면을 계속 꿈꿔 왔는데……. 상상한 것보다 훨씬 멋있어요."

"고마워. 정말 기쁘다."

"후훗. 저도, 감상을 더 많이 늘어놓으면 좋겠어요?"

"괘, 괜찮아. 이미 충분히 전해졌어. 그보다……, 자, 치장한 모습을 보여 드려야지?"

나는 아줌마 쪽을 흘끗 보았다.

아줌마가 아오이를 뚫어져라 시선을 고정한 채 굳어 있었다.

아오이가 그런 아줌마에게 다가가 미소를 짓는다.

"엄마. 제 신부 모습, 어때요?"

"……그래. 정말 예쁘구나. 아름다워."

"다행이다. 엄마한테 꼭 보여 주고 싶었어요. 짧게라도 귀국해서 정말 다행이에요."

"그래……."

"엄마?"

아오이가 걱정스레 아줌마의 얼굴을 들여다본다.

료코 아줌마의 눈가에는 눈물이 고여 있었다.

"다 컸네, 우리 딸……. 그렇게, 작았는데……!"

목이 메며, 온화한 얼굴이 감정적으로 일그러진다. 눈앞에 있는 성장한 외동딸을, 눈물이 글썽거리는 눈으로 똑바로 본다.

"……있잖아요, 엄마. 늘 하고 싶었던 말이 있어요."

아오이는 눈물을 머금은 료코 아줌마의 손을 꼭 잡았다.

"제가 유난히 고집을 부렸던……, 유야 오빠와 동거하는 거 허락해 줘서 고마워요."

"그래……."

"허락해 줬을 때, 정말 기뻤어요. 동경하던 오빠 곁에 있을 수 있다는 건, 제게 가장 큰 행복이었으니까요."

"그래……. 그래……!"

료코 아줌마가 눈물을 꾹 참으며 고개를 끄덕인다.

마치 결혼식에서 딸에게 감동적인 말을 듣는 어머니처럼.

"오빠와 7년 만에 재회하고. 7년이란 공백을 메우듯 즐거운 시간을 보내고. 오빠와 정식으로 약혼한 후에는, 데이트도 잔뜩 하고……. 정말 꿈만 같았어요."

――하지만요, 엄마.

아오이의 목소리가 대기실 안에 잔잔히 울려 퍼진다.

"엄마와 함께 산 시간도, 제게는 소중한 보물이에요. 아무리 바빠도, 응석 부리는 제 곁에 늘 있어 주시고……. 저한테 엄마는 진심으로 존경할 수 있는 분이에요. 언젠가

제가 유야 오빠와 결혼하면, 엄마 같은 엄마가 되도록 노력할 거예요. 우리 시라토리 집안에 뒤지지 않을 만큼, 멋진 가정을 만들어 갈게요. 그러니까…….”

거기까지 말하다가, 목소리가 울먹이고.

굵은 눈물방울이 고인 눈으로 미소 짓는다.

“앞으로도 따뜻하게 지켜봐 줘요. 그리고──.”

눈물이 흘러넘쳐 뺨을 타고 내린다.

“오늘까지 저를 키워 주셔서, 감사해요.”

“아오이……!”

료코 아줌마가 아오이를 끌어안았다.

“엄마한테도 우리 딸과 함께한 날들은 보물이야……. 아니, 아오이 네가 보물이란다. 엄마 딸로 와 줘서 고마워.”

“엄마…….”

두 사람이 서로를 껴안고, 고마운 마음을 전하며 울고 있다.

아오이가 료코 아줌마에게 웨딩드레스 입은 모습을 보여 주고 싶었던 이유.

예전에 한 약속을 지키고 싶다고 했지만, 그게 전부는 아니었으리라 생각한다. 결혼을 생각하고 있기에, 엄마에게 전하고 싶은 마음이 있었던 거다.

료코 아줌마.

졸업식 날, 아줌마가 그러셨죠. 당신께서 아시는 아오이는 이제 없다고…….

그렇지 않아요. 걱정하지 마세요.

아줌마 말씀처럼 아오이는 외모도 내면도 한층 어른스러워졌습니다.

하지만 지금도 여전히 아오이는 아오이예요.

아오이의 매력은 성장한다고 해서 사라지지 않아요. 아줌마가 준 따뜻함도, 엄마를 좋아하는 마음도, 절대 바래지 않을 거예요.

왜냐하면, 아줌마의 딸이니까요.

이게 바로, 내가 그때 전하고 싶었던 마음.

아니……. 아오이가 전하고 싶었던 마음입니다.

"……정말, 특별한 날이 됐네."

그렇게 중얼거리며, 울고 있는 모녀를 지켜보는 나였다.

◆

그 후, 우리는 스튜디오에서 사진 촬영을 했다.

팔짱을 끼고 걷는 모습. 사이좋게 계단을 내려오는 모습. 함께 붉은 부케를 들고 있는 모습. 꽃을 배경으로 다정하게 기댄 모습. 그 밖에도 많이 찍었다.

촬영 매수는 예정대로 100장. 100장 중에서 몇 장을 골라 앨범으로 만들고, 완성된 앨범은 나중에 집으로 보내준다. 벌써 기대된다.

촬영이 끝난 뒤에는 사진을 고르고 스튜디오를 뒤로했다. 지금은 셋이 역으로 가는 중이다.

"유야 오빠. 정원에서 마주 보고 찍은 사진, 정말 근사했죠!"

아오이가 오늘 촬영을 되짚으며 즐거워한다.

이렇게 신이 난 아오이는 오랜만에 본다. 아오이의 눈부신 미소가, 얼마나 멋진 하루를 보냈는지를 잘 말해 준다.

"그리고 유야 오빠가 표정을 멋있게 짓고 찍은 사진! 그거 진짜 멋졌어요!"

"멋있게 하고……. 아, 계단 위에서 찍은 거?"

나는 의식하지 않았는데, 카메라맨의 분위기 조성에 휩쓸려 찍힌 사진이었다.

"너무 멋졌어요! 왕자님 같았다니까요! 엄마, 그렇죠?"

"맞아. 옵션에 백마가 없는 게 아쉬웠을 정도야."

"모녀가 쌍으로 대체 무슨 말을 하는 거예요……."

료코 아줌마의 농담에, 나도 모르게 쓴웃음을 지었다.

왕자님이라니, 전혀 내 캐릭터가 아니거든요. 나는 그냥 전 피곤에 찌든 회사원이라고.

……뭐, 그래도 아오이한테 멋있다는 말을 들으니까 남

자로서 기분 좋지만.

"어머나. '아오이한테 멋있다는 말을 들으니까 남자로서 기분은 좋네'라는 얼굴이네?"

"제 속마음을 읽지 마세요!"

뭐, 어때서요! 기쁜 건 기쁜 거라고요!

이야기를 나누며 걷다 보니, 어느새 역에 도착했다.

"아줌마. 혹시 약속 있으세요? 저녁 식사라도 같이하면 어떠실지……."

"내가 있으면 방해되잖아. 사양할게."

"네? 엄마, 가려고요?"

아오이가 묻자, 료코 아줌마가 아오이의 머리에 손을 툭 얹었다.

"잘 들어, 아오이. 웨딩드레스를 입은 날 밤에는 말이지. 신랑과 황홀한 시간을 보내는 거란다."

"저기요?!"

소리치지 않을 수 없었다.

방금 그 말……, 신혼 첫날밤을 은근슬쩍 암시한 거 아닌가?!

……아니, 침착하자. 아무리 료코 아줌마라도, 아직 열여덟 살 딸한테 그런 조언을 하지는 않겠지. 내가 괜히 과민 반응하는 거야.

"아오이! 오늘 밤은 마음껏 응석 부려! 파이팅!"

"료코 아줌마?!"

역시, 암시하는 거 맞잖아!

"엄마……. 잘은 모르겠지만, 알았어요! 오늘은 유야 오빠랑 좋은 시간 보낼게요!"

그리고 뒤이은 천연 발언. 아오이는 의미를 이해하지 못한 것 같지만, 아무리 들어도 그쪽 의미로밖에 안 들려.

"유야. 우리 딸 잘 부탁해."

료코 아줌마가 고개를 숙여 인사했다.

잘 부탁한다고요? 대체 어떤 부탁요? 결혼? 아니면 오늘 밤? 진심인지 장난인지도 모르겠어요.

"어……, 네. 앞으로도 아오이랑 사이좋게 지내겠습니다."

나는 적당히 얼버무리며 대화를 마무리했다.

여기서 더 캐물을 수 없지…….

"그럼, 나는 이만 가마. 근사한 날을 선물해 줘서 고맙구나. 잊지 못할 하루였어."

"엄마. 앨범이 오면, 집에 꼭 놀러 와요. 같이 보면서 이야기해요."

"후후, 물론이지. 그럼, 건강히 지내렴."

아줌마는 그렇게 말하고 지하철역 방향으로 가셨다.

"엄마가 가 버렸네요……."

"우리를 배려해 주신 게 아닐까? 오늘은 특별한 날이니까, 둘이 잘 보내라는 의미로 말이야."

"그렇구나……. 그런 거면 즐겁게 보내야죠. 그런데, 저녁은 어디로 먹으러 가요?"

아오이가 행복해하는 얼굴로 묻는다.

그 표정이, 머릿속에 아로새겨진 웨딩드레스를 입은 모습과 겹쳐 보였다.

아오이는 이제 어른이다.

앞으로의 일까지 포함해, 당연한 연애에 관해 이야기를 나눌 수 있을 만큼은.

"아오이. 밤에, 중요하게 할 얘기가 있어. 괜찮아?"

"중요한 얘기……요?"

어리둥절하며 고개를 기울이던 아오이가, 갑자기 얼굴이 빨갛게 물들였다.

"너무해요, 오빠! 혼자 마음대로 혼인 신고를 언제 할지 정하다니! 둘이 정하고 싶어요!"

"그 얘기 아니거든?!"

그것도 중요한 얘기기는 하지만!

"혼인 신고가 아니면…… 무슨 얘기인데요?"

"이따가 얘기할게. 응?"

"그래요……. 신경 쓰이지만, 유야 오빠한테 맡길게요."

아오이는 여전히 의아해했지만, 이내 다시 활기차게 내 팔에 팔짱을 꼈다.

"오빠. 일단 밥부터 먹어요."

"후후, 기합이 들어갔네."

"당연하죠. 웨딩 사진 예쁘게 찍고 싶어서 식단 관리를 했다고요. 오늘로 땡이에요! 마음껏 먹을 수 있어요!"

신난 듯이 '고기, 고기!'를 외치며 한껏 들뜬 아오이.

정말 먹보라니까.

하지만 이 말을 했다가는 화낼 게 틀림없기에 입 밖에 내지는 않았다.

……이제 더는 애 취급할 수는 없으니까.

그런 생각을 하면서, 우리는 나란히 역 앞의 거리를 걸었다.

◆

시각은 밤 10시. 즐거웠던 하루가 끝나 가고 있다.

레스토랑에서 식사를 마친 뒤, 우리는 곧장 집으로 돌아왔다. 나도 아오이도 씻고 나와서 자러 들어가기 전까지 거실 소파에 앉아 느긋하게 쉬고 있다.

아오이가 앉은 채로 기지개를 켰다.

"으으으……. 오늘은 사진을 많이 찍어서 피곤하네요."

"그러게. 이제 슬슬 잘까?"

"어떡할까요? 저는 좀 더 이야기하고 싶은 기분인데 오빠는요?"

"음……."

아직 아오이와 '그 일'에 대해 이야기하지 않았다.

얘기를 꺼내려면 지금이 기회이리라.

"아오이. 아까 말한 중요한 얘기를 하고 싶은데. 괜찮을까?"

"네. 아, 그러면……."

"응?"

"오빠 방에서 하고 싶은데……."

"내, 내 방에서?"

그러니까 지금, 같이 자고 싶다는 뜻?

대화 주제가 주제라서, 경우에 따라서는 분위기가 묘해질 수도 있다.

마음 같아서는 사양하고 싶지만……, 이 기회를 놓치고 싶지는 않다.

"아, 안 되겠죠! 죄송해요, 제가 괜히 철없이……."

"좋아. 내 방에서 이야기하자."

"오빠 말이 맞아요, 밤에 둘이 침대에서라니……. 네?"

순간, 아오이의 얼굴이 빨개진다.

방금 약삭빠르게 '침대'를 언급한 건 못 들은 척하자.

"저기……, 정말 그래도 돼요?"

"응. 아오이도 더 이야기하고 싶어 하는 것 같고, 둘이 편하게 밤을 보내는 것도 좋잖아."

"그, 그렇군요……. 그럼, 잘 부탁할게요."

아오이가 부끄러워하며 고개를 끄덕였다. 여전히 두 뺨은 붉고, 어딘가 요염하다.

내가 일어서자, 아오이가 내 잠옷 자락을 붙잡았다.

그대로 내 방으로 가서 같이 침대에 걸터앉는다.

자, 어떻게 운을 떼어야 할까. 이 긴장이 감도는 분위기 속에서 갑자기 얘기를 꺼내도 괜찮을까.

고민하는데, 아오이가 먼저 입을 열었다.

"오빠. 제 부탁을 들어줘서 고마워요."

"고맙기는. 나도 아오이가 나한테 응석 부리는 게 기쁜걸."

"……후후. 그러면 앞으로도 많이 응석 부리게 해 줘요."

이런저런 얘기를 나누다 보니, 아오이의 표정이 조금씩 부드러워진다.

하려면, 지금이다.

"이제 수험 공부도 안 해도 되니까, 마음껏 응석 부려. 또 해 보고 싶은 거 없어?"

"해 보고 싶은 거……. 어떡해요. 너무 많아서 하나를 고를 수가 없어요."

"해 보고 싶은 게 많구나……. 예를 들면, 연인끼리 당연하게 하는 것 같은 거?"

눈이 휘둥그레진 아오이. 놀란 건지, 긴장한 건지. 어쩌면 둘 다일지도 모른다.

아오이가 얼버무리듯 웃는다.

"아이, 정말. 놀리지 말아요. 그렇게 말하니까 마치 제가 오빠하고——."

"키스하고 싶은가 해서. 아니야?"

"그, 그건……."

"나는 그게 아오이의 진짜 속마음이라고 생각해. 하지만 아오이 입으로 아직 듣지 못한 게 있다고 봐."

"유야 오빠……."

"말해 주지 않을래? 아오이가 우리 연애를 어떻게 생각하는지, 전부."

내가 얘기를 꺼내자, 잠시 침묵이 찾아왔다.

아오이는 잠시 생각한 끝에, 나를 똑바로 바라보았다.

"앞으로 우리 일은 오빠와 둘이 의논해서 정하고 싶어요."

"고마워. 나도 같은 마음이야."

"축제에 놀러 온 날, 오빠가 그랬죠. '둘이 상의하면, 더 많은 꿈을 이룰 수 있을 거다'라고요……. 그 말이 용기를 줬어요."

그렇게 말한 아오이는 조금씩 속마음을 털어놓았다.

"……유야 오빠가 우리 관계를 얼마나 소중히 여겨 주는지, 알아요."

"응……."

"오빠는 저한테 키스하거나 하지 않았죠. 하지만 그건 저를 사랑하지 않아서가 아니라, 엄마께 떳떳하고 부끄럽지 않게 행동하고, 결혼을 축복해 주셨으면 했기 때문이에요."

나는 맞장구치며 아오이가 품어 온 마음을 받아들였다. 내 생각을 말하는 건 아오이의 마음을 전부 들은 뒤다.

"원래부터 오빠는 보호자로서 저를 받아 줬어요. 당시에 엄마가 어디까지 생각하셨는지는 모르지만, 최소한 보호자로서의 오빠를 믿고 맡기셨을 거라고 생각해요."

"그래. 나도 그렇다고 봐."

"하지만 같이 지내면서 서로 좋아하게 되고, 약혼도 하게 되었어요. ……거기다 육체관계까지 했다면, 일반적으로는 걱정했을 거예요. 저희 엄마가 대범한 편이기는 하지만, 오빠한테는 절대로 넘을 수 없는 선이었던 거죠?"

"……맞아. 그렇게 생각했어. 고등학생 딸을 혼자 사는 남자에게 맡긴다는 건 상당한 신뢰가 바탕이 되었을 거야. 그 신뢰를 저버리는 짓은 절대 하고 싶지 않았어."

그래서 키스하려 하지 않았다. 한 번이라도 바라면, 아오이의 전부를 바랄 것 같아서.

하지만 시간이 흐르고, 환경이 바뀌면서 내 생각도 변했다.

성인이 된 아오이와, 당연한 연애를 하고 싶다……. 지금은 그렇게 생각한다.

“오빠 마음, 이해해요. 저와의 결혼을 진지하게 생각해 준다는 게 느껴져서 정말 기뻐요. 그렇지만…… 제 마음도 알아줬으면 해요.”

애원하듯 나를 보는 아오이.

“학교 친구 중에, 커플이 많거든요. 다들 같은 학년끼리 사귀고 있어요……. 그건 부럽지 않아요. 제가 부러운 건, 당연한 연애를 할 수 있다는 점이었어요.”

“응. 어렴풋이 그렇지 않을까 싶었어.”

“……뭘 숨기지를 못하겠네요.”

아오이가 씁쓸히 웃으며 말을 이었다.

“다들 키스 같은 건 당연히 한대요. 얘기를 들어 보면, 키스에서 더 나아가기도 하는 것 같고요. 그런데 우리는 못 하니까……, 그래서 부러웠어요.”

“아오이…….”

“조금 전에도 말했지만, 유야 오빠의 마음은 이해해요. 하지만 가장 좋아하는 사람과 키스하고 싶은 저의 마음도 받아들여 줬으면 했어요…….”

아오이의 본심이 가슴 깊숙이 스며들어, 저릿저릿한 통증으로 바뀌어 간다.

이렇게까지 고민하는데, 나란 놈은……. 한심하다. 좋아하는 사람의 마음에 귀 기울이지도 못하면서, 무슨 약혼자야.

치즈루 씨가 부부라는 건, 둘이 발맞춰 나란히 인생을 걷는 거라고 가르쳐 줬다.

료코 아줌마에게는 올바른 '신뢰'의 의미를 배웠다.

내가 해야 할 건 하나뿐.

아오이의 마음을 받아들인 지금, 내 마음을 전하고 함께 이야기하는 것이다.

"아오이가 생각한 것처럼, 나는 키스를 할 생각이 없었어."

"오빠……. 그렇, 겠죠……."

"하지만 그건 아오이가 고등학생이고, 내가 너의 보호자이기도 했기 때문이야."

아오이는 봄부터 대학생이 된다.

그리고 료코 아줌마도 우리 사이를 축복해 주신다.

그렇다면 이제, 연인끼리 당연히 하는 연애를 해도 된다.

"아오이의 마음을 제대로 듣지도 않고, 혼자서 짊어진 거……, 정말 미안하게 생각해."

나는 아오이의 손을 잡았다. 불안하게 떨리는 작은 손. 소중한 사람을 이렇게까지 불안하게 만든 게 분해서 견딜 수 없다.

"우리는 부부가 될 사이잖아. 서로 의지하며 살아가야 하는데, 중요한 일을 나 혼자 정하는 건 잘못됐어. 아오이, 정말 미안해."

"그런 말 마요. 오빠는 잘못한 거 없어요."

"그렇다면 아오이도 잘못한 게 아니야. 아오이의 마음은 지극히 당연한 감정이야. 그러니까……."

잡은 손을 놓치지 않으려 힘을 주었다.

터놓고 앞으로 나아가자.

서로의 마음을 전하고, 통해야 비로소 부부니까.

"나는 아오이와 당연한 연애를 하고 싶어. 이걸 전제로 해서, 아오이는 어떻게 생각해? ……마지막으로 한 번만 더, 들려줄래?"

"저는……."

잠시 망설인 뒤, 아오이는 내 손을 꼭 맞잡았다.

"오빠하고, 더 깊은 관계가 되고 싶어요."

즉흥적인 변덕도 아니고, 단순히 조르는 것도 아니다.

고민에 고민을 거듭하고 내린, 굳은 의지를 담은 눈동자. 그 단호한 눈빛에는 아오이의 진짜 마음이 말보다 더 명확하게 담겨 있었다.

말해 줘서 고마워.

그게 아오이가 가장 전하고 싶은 마음이구나.

"오늘은 특별한 날이니까…… 제 마음, 받아 줄래요?"

아오이가 살며시 눈을 감았다.

연인을 애타게 기다리듯 붉게 달아오른 입술을 내밀고.

"아오이……."

나는, 살짝 입을 맞췄다.

마치 그 자리에 머무르는 게 처음부터 정해져 있던 것처럼, 아오이의 입술에 꼭 닿는다. 안도감이 스르르 번져 가는, 부드러운 키스였다.

말로 애정을 주고받는 것과는 다르다. 맞닿는 것만으로도 따뜻해지는 기분이다. 그야말로 연인끼리 당연히 하는 애정 표현이었다.

아오이의 손에 힘이 들어가 있다는 걸 뒤늦게 알았다. 첫 키스라서 긴장한 모양이다. 나는 아오이가 안심할 수 있도록, 손을 살포시 다시 쥐었다.

입을 떼려 하는데, 아오이가 허락하지 않는다. 도망치려는 내 입술을, 따뜻한 감촉이 따라잡는다. 아오이가 원하고 있다는 게 느껴져, 마음까지 간질간질해진다.

이번에는 정말로, 천천히 입술을 떼었다.

아오이가 한 손으로 입가를 가리며 얼굴을 발갛게 물들인다.

"……키스, 했네요."

"그러게. 했네."

"제가 이런 말 하는 것도 그렇지만, 괜찮은 걸까요……?"

"둘이 진지하게 상의해서 내린 결정이잖아. 괜찮아."

"오빠……. 그러네요. 엄마한테도, 주변 사람들에게도 인정받는 부부가 돼요."

"그러자……. 아, 아오이!"

아오이가 갑자기 안겼다.

"오빠. 키스요, 한 번 더 해 주지 않을래요?"

뭐……. 이 타이밍에 응석 모드를 발동한다고?!

"가, 갑자기 적극적이네……."

"그야, 키스하고 싶으니까요……. 안 돼?"

안 될 리가.

다만 이렇게 가까이 다가오니 나까지 두근두근한다.

"오빠……. 음."

내 품에서 다시 눈을 감는 아오이.

귀, 귀여워 미치겠네……. 이렇게 멋진 여자가 내 아내라니, 전생에서 덕을 얼마나 쌓은 거지?

뺨에 열기를 느끼며 부드럽게 키스했다. 아오이가 몸을 배배 꼬며 더 가까이 밀착한다. 마치 입술에서 발끝까지 이어져 있는 듯한, 그런 감각에 빠져든다.

아오이의 입술은 따뜻하고, 녹아 가는 초콜릿처럼 촉촉하고 달콤했다. 원하면 원할수록 마음이 평온해진다.

입술을 떼니, 아오이가 몽롱한 표정으로 말한다.

"유야 오빠……. 기분 좋아요."

"으, 응. 나도……."

그렇게 섹시한 얼굴로 말하지 말아 줘. 더 하고 싶어지니까.

"있잖아요……. 오늘 같이 자도 돼요?"

“뭐?! 아니, 그건…….”

“오빠가 먼저 그랬잖아요. 오빠 방으로 가자고.”

“그 말을 어떻게 그렇게 해석해?!”

야한 의미루 부른 게 아니었다고. 애초에 네가 내 방에 오고 싶다고 했잖아.

“오빠. 안 돼, 요……?”

“그, 그런 귀여운 얼굴로 조르지 마…….”

……어쩌지?

이 분위기라면 아오이는 침대에서도 안기면서 키스해 달라고 조를 거다. 그러면 서로 몸을 원하는 전개로 흘러가도 이상할 게 없다.

어떡하지? 장난이 아니라, 정말 결혼 첫날밤 같은 상황이 됐는데?

……그래. 이럴 때야말로 상의해야지.

“아오이. 절충안을 생각했어. 말해도 돼?”

“네. 뭔데요?”

“오늘 밤은 같이 자. 키스도 해. 하지만 키스 이상의 야한 진도는 안 나가는 거로……. 어때?”

“무슨……. 저는 야, 야한 짓 할 생각은 전혀 안 했어요!”

아오이가 새빨개진 얼굴로 내 품에서 와락 멀어져 벗어났다.

야한 짓 할 생각을 안 했다고……?

그럼, 나 혼자만 머릿속이 그걸로 가득했다는 거야?!

어이없다는 눈으로 나를 노려본다. 뺨은 여전히 빨갛다.

"하여간. 오빠는 너무 엉큼해요. 바다보다 깊이 반성하세요."

"네, 네……. 죄송합니다."

왜인지 혼나고 말았다.

상의해도 실패할 때가 있구나……. 부부, 참 어렵다.

"정말이지. 키스 이상의 진도는 조금 더 참아야 한다고요."

"나도 그럴 생각이었지……. 응?"

잠깐만. 지금 '조금 더 참아야 한다'라고 하지 않았어?

그렇다는 건……, 역시 아오이도 하고 싶기는 한 거지?!

"애초에 오빠는 말이에요, 항상……."

아오이가 잔소리를 늘어놓고 있다. 말실수한 건 눈치채지 못한 모양이다.

아오이는 이제 열여덟. 그런 것에 관심이 가는 건 당연한 거지만, 이런 상황에서 그런 말을 하다니……. 아아, 젠장! 지금 흥분하면 안 된다고!

"오빠? 얼굴이 빨개졌는데, 왜 그래요?"

"미안. 침대에는 좀 이따 눕자, 잠깐만 기다려 주라. 삼각비 복습하면서 마음을 가라앉힐게. 사인, 코사인, 탄젠트……."

"진정하는 방식이 너무 독특하지 않아요?!"

이왕 이렇게 된 거, 방법 따위 아무래도 좋다. 아오이가 남들만큼 밝힌다는 사실을 되새기고 싶지 않은 거니까.

"어, 어때요? 진정됐어요?"

"이제 괜찮아. 자, 아오이……. 누울까?"

"네, 네……."

부끄러운 듯 고개를 끄덕였다.

불을 끄고 침대로 올라갔다. 머리맡 조명을 은은하게 켜, 서로의 얼굴이 보일 정도로 조도를 맞췄다.

내 방 침대는 싱글베드다. 둘이 눕기에는 좁다. 그래서 자연스럽게 밀착할 수밖에 없다.

"……가깝네요."

"그러게, 가깝다."

"키스, 할 수도 있겠네요."

아오이가 '오빠! 빨리요!'라고 말하는 눈빛으로 호소한다.

이렇게까지 적극적일 줄이야……. 오늘 밤은 내내 이런 분위기이려나?

조르는 자기에게 당황하는 나를 보며 아오이가 부드럽게 웃는다.

"유야 오빠. 앞으로도 여러 일이 있겠죠. 그래도, 둘이 함께 이겨 내요."

그리고 한마디 덧붙인다.

"오늘 밤처럼."

원래 내가 하려던 말인데……, 선수를 빼앗기고 말았네.

그렇지만 기분이 좋다.

그만큼 서로 마음이 통한다는 뜻이니까.

"그러자. 그게 부부니까."

"네."

나는 가볍게 키스했다.

입술을 떼자, 황홀한 얼굴로 한마디 하는 아오이.

"……오늘은, 많이 해 줘요, 알았죠?"

"많이?! 하려고?!"

"하지만 더는, 못 참겠단 말이야."

"모, 못 참겠다니……."

"오빠랑 기분 좋아지고 싶어요……. 부탁이에요. 해 줘. 응?"

"큭!"

나왔다, 아오이 특유의 천연 발언! 키스 얘기인 건 알지만, 자꾸만 야한 진도를 생각하게 된다고!

"치. 먼저 안 해 주면……. 에잇."

"잠깐, 아오이……!"

이불 속에서 꼼지락거리며 움직이는 아오이.

나는 그대로 끌어안겨 가, 입술을 빼앗겼다.

배운 지 얼마 안 됐으면서, 왜 이렇게 넋이 빠질 듯한 키스를 하는 거야……. 제발 부탁이니까, 내 안의 음란 마귀를 깨우지 마! 사인, 코사인, 탄젠트!

아오이에게 쩔쩔매며, 연인이라면 당연히 보낼 법한 그런 밤이 깊어 간다.

키스 폭풍이 한바탕 지나간 뒤, 아오이는 행복한 얼굴로 잠들었다.

나는 아오이의 잠든 얼굴을 바라보며 졸고 있다.

"아오이……. 결혼해도 행복하게 지내자."

왠지 가슴이 따뜻하다.

오늘은 좋은 꿈을 꿀 수 있을 것 같다.

그런 생각을 하다가 나도 잠이 들었다.

◆ ◆ ◆

——그로부터 10년 뒤.

나는 서른여섯, 아오이는 스물여덟이 되었다. 우리는 무사히 결혼해 신축 자가에서 딸 마이카와 셋이 살고 있다.

아오이는 꿈을 이뤄 초등학교 선생님이 되었다.

학교생활도 순조로운 모양이다. 공부를 가르치는 법도, 아이들과 교류하는 것도 이제는 익숙해졌다고 한다. '애들이요, 지치지를 않아요……!'라며 매일 기진맥진해 퇴근하던 사회인 1년 차 시절이 그리울 정도다.

한편, 나는 여전히 시스템 엔지니어로 일하고 있는데, 얼마 전에 과장으로 승진했다.

업무뿐만 아니라 인재 관리 일도 늘었다. 후배를 키우는 건 지금까지 하던 일과는 또 다른 어려움이 있지만, 조금씩 익숙해지고 있다고 생각한다.

승진은 했지만, 치즈루 씨에게는 여전히 머리를 못 든다.

관리직이 되니 나름대로 고민도 는다. 치즈루 씨에게 상담하면서, 때로는 놀림도 받으면서 새로운 환경에서 열심히 애쓰고 있다.

그나저나, 치즈루 씨 아들이 아오이가 근무하는 초등학교에 다닌다니……. 세상은 참, 묘한 인연으로 얽혀 있다. 참고로 아들은 미즈시마 씨를 닮아 미남이라고 한다.

의외였던 건 치즈루 씨가 아들한테 껌뻑 죽는다는 거다.

얼마 전에도,

"우리 애가 말이야, 커서 나랑 결혼하겠대."

그러면서 자랑을 했더랬다.

이해합니다, 치즈루 씨. 저도 마이카에게 '나중에 커서 아빠랑 결혼할래요'라는 말을 들으면 분명 심장이 남아나지 않을 자신이 있으니까요.

뭐, 나와 치즈루 씨의 자식 바보 같은 면은 일단 접어 두고……. 나도, 아오이도 공사 양면으로 충실하게 생활 중이다. 결혼한 후에도, 둘이 이인삼각으로 발맞춰 행복한 가정을 꾸려 가고 있다고 생각한다.

오늘은 공휴일. 나도 아오이도 출근하지 않고, 마이카가 다니는 유치원도 쉰다.

마이카는 곧 이웃집 미야마에 댁, 루미와 신고네 집에 놀러 간다.

고등학교를 졸업하고 루미와 신고도 무사히 결혼에 골인했다.

이 또한 묘한 인연인데, 우리 집 바로 옆집에 살고 있고, 마이카와 같은 유치원에 다니는 딸이 있다.

세상은 의외로 좁다니까…….

참고로 딸 이름은 미야마에 유메노다.

"아빠, 엄마, 다녀오겠습니다."

마이카가 현관에서 빨간 신발을 신고, 배웅하는 나와 아오이에게 인사한다.

"마이카. 혼자 가도 되겠어? 아빠도 같이 가 줄까?"

내가 그렇게 묻자, 마이카가 고개를 좌우로 저었다. 아오이를 닮은 가는 명주실 같은 고운 머리카락이 얼굴 움직임에 따라 흔들린다.

"괜찮아요. 옆집이잖아요."

"그래? 그래도 마이카는 귀여우니까 걱정되는데……. 이상한 사람 따라가면 안 된다?"

"마이카는 괜찮아요. 아빠는 아빠 걱정이나 하세요."

"내 걱정?"

"네. 오늘 휴일이니까 엄마를 좀 도와주세요. 알았죠? 장 보러 가면 무거운 짐은 들어 줘요. 그리고 청소기는 방 구석구석까지 돌리고요. 또 집에서 빈둥거리지 말고, 운동도 좀 하고……."

"아, 알겠어! 아빠도 열심히 일할게!"

마이카의 쉴 새 없는 잔소리를 참지 못하고, 황급히 말을 가로막았다.

외모만 아니라 성격까지 아오이를 빼다 닮았다니까……. 나도 좀 닮았으면 좋았을 텐데. 살짝 억울해.

"어머, 어머."

아오이가 내 옆에서 웃고 있다. 요즘은 '어머'가 입버릇이 돼서 점점 더 장모님을 닮아 가는 중이다. 지적하면 왠지 화를 내서 함부로 놀리지는 못하지만.

"마이카. 서두르렴. 약속 시간 늦겠다."

아오이가 다정하게 아이를 타이른다.

좋았어. 여기서 아오이 편을 들자. 아빠로서 위엄을 되찾을 기회야!

"그래, 마이카. 약속을 지킬 줄 아는 사람이 돼야지."

"익. 아빠한테 그런 말 듣기 싫어요. 아빠는 마이카랑 한 약속 잘 어기면서."

"그, 그래……?"

내 위엄이 더더욱 바닥으로 떨어진다……. 부모가 된다는 건 정말 어렵다.

"어제도 어겼잖아요. 밤에 마이카랑 게임하기로 약속하고는 '야근' 때문에 늦게 들어오고……. 마이카가 기대를 얼마나 많이 했는데."

"미안……."

"있잖아. 오늘 밤에는 아빠랑 게임 하면서 놀고 싶어……. 안 돼?"

고개를 기울이며 올려다보는 마이카. 응석 부리는 방식까지 아오이와 똑 닮았다.

딸한테 이렇게 기엽게 조르는데, 거절할 수 있는 아빠가 세상에 있을까? 아니, 없다! 그러니 응석을 받아 주는 건 어쩔 수 없는 일이다!

"알겠어! 마이카, 오늘 밤에는 아빠랑 실컷 게임 하자!"

"정말? 약속이에요!"

"그래, 물론이지! 졸릴 때까지 하자!"

"와~!"

"두 사람……. 밤늦게까지 하면 안 돼요."

옆에서 아오이가 압력을 가한다.

"저, 적당히 할게……."

"저, 적당히 할게요……."

나와 마이카는 겁먹은 얼굴로 동시에 대답했다. 우리 집에서는 아내를 거역할 사람이 없다는 걸 새삼 실감했다.

"그럼, 다녀오겠습니다!"

마이카가 손을 흔들고, 이번에야말로 현관을 나섰다.

둘만 남자, 아오이는 킥킥 웃는다.

"후후. 당신은 정말 딸 바보네요."

"딸 바보……?"

아니. 이제는 그런 수준이 아니다.

알려 주지……. 내가 얼마나 딸을 사랑하는지!

"당신도 알잖아, 마이카가 얼마나 귀여운지! 퇴근해서 집에 오면 '안녕히 다녀오셨어요!' 하면서 아장아장 달려와 맞아 주는 사랑스러움! 같이 씻을 때는 '샴푸는 눈에 들어가니까 싫어요!' 하면서 몸부림치는 몸짓! 자기 전에는 '아빠, 엄마. 사랑해요'라고 말해 준다고! 우리 집은 매일 귀여움 경보 발령 중이야!"

"자, 잘 알겠어요……. 그만해요. 배불러요."

아오이가 충분하다는 듯이 웃는다.

뭐야, 벌써? 다섯 시간은 더 떠들 수 있는데?

실망하는데, 아오이가 갑자기 달라붙는다. 내 가슴에 검지를 갖다 대며 콕콕 찌른다.

"그렇게 아이가 귀여우면……, 하나 더 있어도 좋을 것 같은데."

"당신?! 느, 느닷없이 무슨……."

"안 돼요. 둘이 있을 때는 아오이라고 불러 줘요. 삐칠 거예요?"

그렇게 말하고는 정면에서 내 품에 쏙 안긴다.

아오이는 어른이 돼서도 보다시피 응석꾸러기다. 예전보다 한층 더해진 요염한 매력 덕에, 그 무렵보다 심장이 더 두근거린다.

"하지만 말이야, 아오이. 아직 대낮이고, 그렇게 서두르지 않아도……."

"싫어. 밤에는 마이카한테 오빠를 뺏기잖아. 낮에는 제가 독차지하고 싶어요."

"그, 그건 그렇지만……."

"응? 지금……. 안 돼?"

아오이가 더 바짝 달라붙어 가슴을 밀착한다.

요즘은 유혹하는 방법까지 능숙하다. '당연한 연애'로 고민하던 그때와는 달리, 이제는 이렇게 하고 싶을 때는 적극적이다.

이토록 귀여운 아내가 조르는데 어떻게 거절할 수 있겠는가.

둘째라……. 마이카가 야무져서 손이 별로 안 가고, 서로 하는 일도 안정됐다.

……슬슬 시기가 적당할지도.

"아오이. 사실 나도 둘째가 있으면 좋겠다고 생각했어. 마이카도 동생이 생기면 기뻐할 테고."

"정말요? 그러면 지금보다 더 열심히 일해야겠네요! 집 대출도 갚아야 하니까요!"

"가, 갑자기 현실적인 얘기는 왜……. 하지만 네 말이 맞아. 함께 힘내자."

"네. 그럼……, 오빠 방으로, 갈까요?"

"그래……. 아, 근데 빨래부터 개야 해. 그냥 두면 다 구겨져."

"그러네요. 둘이 하면 금방 끝나요."

나는 아오이와 떨어져, 짧게 키스했다.

"응……. 유야 오빠."

"사랑해, 아오이."

……아무렇지 않은 듯 말하고 있지만, 아까부터 심장이 쿵쾅쿵쾅 뛰고 있다.

결혼한 지 몇 년이 지났어도, 아오이를 향한 내 사랑은 여전히 변함이 없다……. 아니! 점점 더 커진다! 내 아내가 세상에서 제일 귀여워!!

"오빠? 왜 그래요?"

"아, 아무것도 아니야. 자, 빨리 개자."

우리는 팔짱을 꼭 끼고 사이좋게 거실로 갔다.

아이도 생기고, 부부 사이는 원만하고……. 정말 행복해.

앞으로 우리 앞이 어려운 문제로 가로막힐 때도 있겠지. 일이 될 수도 있고, 마이카와 관련된 일일 수도 있다. 혹은 돈이나 병 때문에 곤란해지는 일이, 없으리라고는 장담할 수 없다.

그렇지만, 그조차도 함께 즐겁게 이겨 나갈 수 있다고 생각한다.

아오이와 부부 이인삼각으로……. 아, 이제 둘이 아니지.

지금은 딸 마이카도 있다.

앞으로도 우리 집은 식구들끼리 희로애락을 함께하며 인생을 걸어가리라——.

◆ ◆ ◆

기나긴 밤이 밝고 아침이 찾아왔다.

오늘은 일요일. 출근하지 않으니, 휴대폰 알람도 맞춰 두지 않았다.

시각은 아침 9시를 넘어 있었다. 우리 집 아침치고는 꽤 늦은 편이다.

몸을 일으켜 옆을 본다. 아오이는 숨결을 고르게 내쉬며 곤히 자고 있다.

문득, 어젯밤 꾼 꿈이 떠오른다.

나와 아오이가 결혼해, 딸과 셋이 함께 사는 행복한 꿈이었다.

"꿈이 엄청 구체적이었지……."

아오이를 빼닮은 여자아이……. 이름이 마이카였나. 그렇게 귀여운 딸이 있으면, 뭐든 다 해 주고 싶을 수밖에. 미래에 나는 딸 바보가 될지도 모른다.

문제는 마이카를 배웅하고 난 후의 전개다.

그 아오이가 그렇게 적극적으로 조를 줄은 생각도 못 했다.

성숙한 요염함이 넘쳐서 곤란할 지경이었어.

우리는 이제 당연한 연애를 하기로 했다.

그렇다는 건 언젠가 그렇게 야하게 조르는 미래도……. 그만, 그만! 아침부터 뭐 이렇게 활기차고 난리야!

하아…….

왠지 얼굴이 확 달아오른다.

괜한 생각은 하지 말자.

"……슬슬 아오이를 깨울까."

더 자게 해 주고 싶지만, 나 혼자 일어나면 나중에 잔소리를 들을 것 같다.

"아오이. 아침이야."

불러 보지만, 일어날 기미가 없다.

볼을 손가락으로 꾹꾹 찔러 본다.

아직 꿈속에 있는 건지, 아오이가 웅얼웅얼 잠꼬대한다.

"으응……. 오빠. 그런 데에 키스하면, 싫어……."

꿈속에서도 키스를 하고 있나……. 잠깐, 도대체 내가 어디에 키스했길래 그래?!

이 이상, 꿈속의 내가 제멋대로 하게 둘 수는 없다. 서둘러 아오이를 깨워야 한다.

"아오이, 아침이야. 일어나. 응?"

몸을 살짝 흔들자, 아오이가 천천히 눈꺼풀을 들어 올렸다.

"유야 오빠……?"

잠에서 깬 아오이가 몸을 일으켰다.

"좋은 아침이에요."

"좋은 아침, 아오이. 어제는 잘 잤어?"

"어제……."

생각하다가, 갑자기 꾸물꾸물한다.

"오빠. 혹시 저, 어제 꽤 적극적이지 않았나요……?"

"그랬지. 잔뜩 키스했잖아."

"으으……!"

"꽉 끌어안고, 뺨도 막 비비고."

"하으윽……!"

"게다가 '오빠. 사랑해요'라고 애교 섞인 목소리로——."

"꺄악! 기, 기억났으니까 그만 말해요!"

아오이가 허둥지둥 그렇게 말하고는, 풀이 확 죽는다.

"하아……. 그랬는데도 오빠가 모자랐나 봐요. 꿈에도 오빠가 나왔거든요."

"어? 너도 꿈을 꿨어?"

"너도라니……. 오빠도 꿨어요?"

"응. 그……, 아오이랑 결혼해서 행복한 가정을 꾸린 꿈이었어."

"정말요? 저도요!"

아오이는 기운을 되찾았다.

"저도 미래의 꿈을 꿨어요. 저랑 유야 오빠랑 딸, 셋이 행복하게 살고 있었죠."

"맞아, 맞아. 아오이는 초등학교 선생님이고, 나는 승진하고……."

"네. 옆집에 루미도 살았어요."

"내 꿈에서도 그랬던 것 같은데."

"그럼, 우리 둘이 비슷한 꿈을…… 꾼 거예요?"

"……그런가 봐."

말문이 막힐 정도로 신기한 현상이기 때문이리라. 나와

아오이는 아무 말도 못 하고, 서로를 보며 굳어 버렸다.

그러다 잠시 후, 동시에 웃음을 터트렸다.

"아하하. 이런 우연도 다 있네."

"후후. 그러게요. 꿈 내용까지 사이좋게 똑같이 꿨네요, 우리."

한바탕 웃고 나서, 아오이는 좋은 꿈이었다며 운을 뗐다.

"유야 오빠가 있고, 아이도 있고, 공과 사 두루두루 충실하고……. 그런 이상적인 가정을 그린 듯한 꿈이었어요."

"그러게. 꿈속의 우리한테 지지 않게, 현실의 우리도 열심히 살자."

"네! 앞으로 더 행복해져요!"

"응. 우리라면 할 수 있어, 반드시."

그렇게 말하며, 아오이의 뺨에 살짝 뽀뽀했다.

쪽 소리가 괜히 어색해서, 머쓱하게 웃고 말았다.

"이제 일어나자."

"네. 오늘은 늦잠 잤으니까, 집안일도 열심히 해야 해요!"

"나도 도와줄게. 오후에는 같이 장 보러 가자."

"……후후."

"왜 웃어?"

"한 침대에서 자고, 아침 뽀뽀도 하고, 같이 집안일까지 하고……. 이미 부부네요."

아오이가 입가에 손을 대고 즐겁게 웃는다.

언제나 진심을 다해, 둘이 서로에게 의지하며 이겨 나가는 것.

그게 진짜 부부라는 거라면, 우리의 부부 생활은 앞으로 시작되겠지.

일어나기 전, 마지막으로 입술에 키스했다.

행복한 기분으로 가득 차는, 봄 햇살 같은 키스.

입술을 떼자, 아오이가 미소 짓는다.

"유야 오빠. 사랑해요."

수줍어하는 기색 없이 말하는 아오이.

……정말, 어쩜 이토록 귀엽게 웃을까.

"응. 나도 사랑해."

나는 내 인생을 걸고, 이 미소를 지키고 싶다.

사랑한다는 말을 주고받으면서, 그렇게 마음속으로 다짐했다.

후기

안녕하세요. 작가 우에무라 나츠키입니다.

『피곤 찌든』 5권을 읽어 주셔서 진심으로 감사합니다.

5권 후기는…… 무려 5페이지! 제법 깁니다!

자, 그러면 후기 비하인드를 몇 자 적어 볼까요. '본편 비하인드를 달라고!'라며 걸고넘어지시는 독자 여러분의 목소리가 제 뇌에 직통으로 울립니다만(뭐야, 무서워), 그건 조금 더 뒤에 하도록 하겠습니다.

사실 담당자님은 '후기는 5페이지에서 7페이지 사이로 써 주세요'라고 말씀하셨습니다. 선택 가능한 안심 플랜. 맵기 정도를 고를 수 있는 카레집 같은 친절한 배려로, 작가에게 무척 다정한 제안이었습니다.

무려 7페이지입니다, 7페이지. 인생에서 후기를 그렇게 길게 쓸 기회는 흔치 않을 것 같지 않습니까. 그래서 좋은 경험이 되겠다 싶어 7페이지에 도전했는데……. 페이지 수의 압박에 굴복하고 말았습니다. 5페이지 플랜이 있어서 진심으로 다행이었어요오오오……!

아니, 분명 처음에는 '까짓것 써 주마!' 하고 기세등등했거든요?

그런데 막상 써 보니, 눈 뜨고 보기 힘든 졸문으로만 페이지가 채워져서……. 어, 어쩔 수 없다고요! 작가라는 생물은 말이죠, 남의 후기 읽는 건 그렇게 좋아하면서 정작 자기 후기는 못 쓴다고요! 동료 작가 여러분, 동의하시죠?!(부탁이니까 누가 동조 좀)

자, 아무튼 오래 기다리셨습니다. 이제 본편 이야기를 해 보도록 할까요.

아직 본편을 안 읽으신 분께는 스포일러가 될 수 있으니 주의하시기 바랍니다.

그럼, 한 줄 띄우고 본편 이야기로 들어가겠습니다.

본편을 다 읽으신 분은 이미 아시겠지만, 본 작품은 5권으로 완결입니다.

아오이의 대학 입시와 졸업, 웨딩 사진, 그리고 두 사람의 관계 진전. 그 모든 걸 담아낸, 말 그대로 집대성이라고 할 수 있는 한 권이지 않나 싶습니다.

제4장 마지막에는 '10년 후 행복으로 가득한 아마에 가족'을 '유야의 꿈'이라는 형태로 그려 보았습니다. 유야와 아오이가 결혼에 이르기까지의 과정을 직접 그리지는 못했지만, '작가가 생각한 두 사람의 행복한 미래'를 독자 여러분과 나눌 수 있었습니다.

1권이 출간된 게 2023년 2월이었으니, 그때부터 2년 5개월 동안 본 작품을 집필해 왔네요.

피날레를 맞이한 지금, 성장한 유야와 아오이가 제 곁을 떠나 날아간 기분이에요. 기쁨과 허전함을 동시에 느끼며, '축하해. 행복하고'라는 말을 유야와 아오이에게 남기고 싶습니다.

실제로 정말 많이 적적합니다. 아오이의 웨딩드레스 일러스트를 본 순간, 눈시울이 뜨거워졌다니까요. 저는 젊은 친구들이 열심히 하는 모습을 보면 눈물이 나는 아저씨라서, '으허어어어엉! 무사히 이런 날이 와서 정말 다행이야아아아……!' 같은 느낌이었습니다. 독자 여러분도 같은 마음이라면 기쁠 따름입니다.

……그런데 생각해 보니, 2년 5개월 전에 출간했다는 건 구상은 그보다 전, 아마 3년도 더 됐다는 말이겠죠?

그렇다면, 초기 구상은 어땠을까요.

궁금해져서 컴퓨터 폴더에서 초기안을 꺼내 보았습니다.

흠……. 기획서를 다시 읽어 보니, 지금과는 상당히 다른 이야기더군요.

초기에는 유야가 고3, 피곤에 찌든 고등학생이라는 설정에……. 뭐? 아오이와는 나이 차가 두 살? 심지어 같은 학교?

그렇습니다. 학교를 무대로 한 러브 코미디였습니다. 그런 설정을 완전히 잊어버리고는 '저는 말이죠, 연상 연하 러브 코미디의 매력을 세상에 널리 알리고 싶답니다……. 지친 사회인에게 꼭 필요한 '힐링'이란 걸 전해 주고 싶다고요……'라는 얼굴로 집필하고 있었습니다. 독자 여러분, 지금까지 속여서 죄송합니다.

지금의 사회인 남성×여고생 러브 코미디로 가닥을 잡은 건 담당자님의 조언 덕분입니다.

연하 여성을 다정하게 이끌어 주는, 배려 깊은 어른 남자……. 제가 한 번도 써 본 적 없는 타입의 주인공이라서 솔직히 꽤 불안했습니다. 실제로 1권 초고는 개선 촉구투성이. 담당자님께서 '유야는 사회인치고 성숙하지를 못하네요'라고 주인공의 미숙함을 꼬집으셨을 때는 진짜 식은땀이 났습니다. 아, 이거 큰일 났다, 하고요.

그렇지만 독자 여러분의 응원 덕분에 이 작품을 끝까지 이어 갈 수 있었습니다. 담당자님의 조언 덕분이기도 하고요……. 그리고 무엇보다 여러분이 캐릭터들을 사랑해 주셨기 때문입니다. 진심으로 감사드립니다.

참고로, 소설은 완결이 났지만, 만화책은 계속됩니다. 「코믹 전격 다이오지」에서 호평 연재 중입니다. 바파코 선생님이 그려 주신 아오이와 루미가 정말 사랑스러우니 꼭 읽어 보시기를 추천합니다.

자, 꿈만 같은 시간도 이제 끝입니다.

아쉽지만 마지막은 감사 인사로 끝맺고자 합니다.

담당 편집자님. 늘 많은 도움을 주셔서 감사합니다. 언제나 정확하게 조언해 주셔서 정말 큰 힘이 됩니다. 5권까지 쓴 건 대단한 거라고 해 주셨을 때는 엄청난 자신감을 얻었습니다. 앞으로도 대단한 작가로 남을 수 있도록 정진하겠습니다.

일러스트 담당 Parum 선생님. 언제나 멋진 일러스트 감사합니다. Parum 선생님께서 아오이와 그 외 캐릭터들에게 생명을 불어넣어 주셨기에 매력적인 작품으로 완성되었습니다. 매 권마다, 표지가 너무 감각적이라 정말 좋습니다. 2년 5개월 동안 작품을 지탱해 주셔서 진심으로 감사드립니다.

코미컬라이즈 담당 바파코 선생님. 콘티를 볼 때마다 '이 컷, 너무 좋아아아……!'라며 감탄합니다. 항상 미숙하게나마 감상을 보내 드리고 있는데, 그 내용이 원작자 시점이라기보다는 명백하게 팬심이 그득그득한 독자의 시선인지라 '혹시 선생님께서 부담스러워하시지는 않을까……?" 하고 불안할 때도 있습니다만, 앞으로도 계속 감상을 보낼 저를 너그럽게 지켜봐 주시면 기쁘겠습니다(계속 보내는 거냐).

교정, 디자인 등 본 작품에 힘써 주신 모든 분께도 감사의 말을 올립니다. 정말 고맙습니다.

그리고 지금까지 작품을 응원해 주신 독자 여러분.
마지막까지 『피곤 찌든』과 함께해 주셔서 감사합니다!

**피곤에 찌든 회사원인 나,
7년 만에 재회한 여고생과 동거를 시작한다 5**

2025년 12월 15일 1판 1쇄 발행

저　　자 우에무라 나츠키
일 러 스 트 Parum
옮 긴 이 변성은
발 행 인 유재옥
이　　사 조병권
편 집 부 정영길 조찬희 박치우 이소의 정지원 최유정 김혜주
디자인랩팀 김보라 전세연
디지털사업팀 김지연 윤희진 장혜원
라이츠사업팀 김정미 이지현 유아현
영업마케팅팀 최원석 윤아림
물 류 팀 백철기 이새롬
경영지원팀 최정연
인쇄제작처 ㈜코리아피엔피
발 행 처 ㈜소미미디어
등　　록 제2015-000008호
주　　소 서울시 마포구 토정로222, 502호 (신수동, 한국출판콘텐츠센터)
판매 및 마케팅 (070) 8822-2301

ISBN 979-11-384-8865-5
ISBN 979-11-384-8118-2 (세트)